J.-N. FONTAINE.

ANTONIO PEREZ,

DRAME EN CINQ ACTES.

PARIS,
LEDOYEN, ÉDITEUR,
PALAIS-ROYAL, GALERIE D'ORLÉANS, 31.

1856.

J.-N. FONTAINE.

ANTONIO PEREZ,

DRAME EN CINQ ACTES.

PARIS,
LEDOYEN, ÉDITEUR,
PALAIS-ROYAL, GALERIE D'ORLÉANS, 31.

1856.

PERSONNAGES.

PHILIPPE II, roi d'Espagne.

DON ANTONIO PEREZ, son premier ministre.

DON MATHEO VASQUEZ, collègue et rival d'Antonio.

DON JUAN ESCOVEDO, secrétaire et confident de don Juan d'Autriche, ami d'Antonio.

DON SANCHE CARREGUY, Aragonais, beau-père d'Antonio.

L'oncle **MARTIN**, fou du roi.

Un geôlier.

Alguazils.

La princesse **D'EBOLI**.

INESILLA, sa camériste.

DONA JUANA CARREGUY, femme d'Antonio Perez et fille de don Sanche.

La scène se passe en Espagne.

ANTONIO PEREZ,

DRAME EN CINQ ACTES.

TYPOGRAPHIE DUVAL-POIGNÉE, A SAINTE-MÉNEHOULD.

ANTONIO PEREZ.

ACTE PREMIER.

Une salle des appartements de la princesse d'Eboli dans l'Escurial.

SCÈNE PREMIÈRE.

INESILLA, ESCOVEDO.

ESCOVEDO.

Je vous jure, Inesilla, que les Flamandes ne m'ont pas rendu infidèle à notre amour, et que les démêlés de don Juan d'Autriche, mon nouveau maître, ne m'ont pas empêché un moment de songer à vous. Jugez de ma joie, lorsque j'ai reçu du prince l'invitation de revenir en Espagne pour demander au roi de l'argent et des troupes. Non, charmante Inesilla, je vous jure....

INESILLA.

Ne jurez pas, seigneur Escovedo, je vous crois de tout mon cœur pour des choses plus sérieuses, mais pour celles-ci, je ne vous crois plus.

ESCOVEDO.

Allons, bon ! mon séjour en Espagne va se passer de querelles en querelles. Je ne rencontre que des jalousies partout. Le roi Philippe II est jaloux de son frère, et ne me donne ni argent ni troupes ; et Inesilla est jalouse d'Escovodo. Le roi ne m'a reçu qu'une fois depuis mon retour. Je suis las à la fin des retards calculés dont ma mission semble traversée. Don Juan en est offensé. Don Juan me rappelle. Je repars demain.

INESILLA.

Demain !

ESCOVEDO.

J'ai fait remettre au roi une dernière lettre du prince, qui lui demande un refus définitif ou des secours.

INESILLA.

Et vous repartez demain, si le roi vous refuse !

ESCOVEDO.

O mon Dieu ! oui, demain. Mais je repars furieux. Ce n'est pourtant pas ma faute, si je ne réussis pas auprès du roi Philippe, — ni auprès de vous. On dirait qu'un mauvais génie entrave chacune de mes démarches. Ma franchise elle-même me nuit. Aussi, je maudis de grand cœur et le conseil d'Espagne et les Flamandes. Je ne suis pas un hypocrite. Et la charmante Inesilla, à défaut du roi Philippe, aurait dû se ressouvenir un peu mieux de nos promesses, interrompues si vite par mon départ. Vous m'aimiez, alors. Vous aviez avec moi cette franchise espagnole si ronde et familière qu'on ne retrouve plus dans les Flandres. Et aujourd'hui....

INESILLA, vivement.

J'entends des pas qui se dirigent de notre côté. Fuyez ! c'est ma maîtresse. Mais comment faire ? Où fuir ? Cachez-vous dans cette galerie.

ESCOVEDO.

Au diable les importuns ! Dites-moi donc au moins que vous m'aimez toujours.

INESILLA, le poussant dans la galerie.

Vite, vite, cachez-vous dans cette galerie.

SCÈNE II.

INESILLA, seule.

Imprudente ! j'ai mal fait de recevoir Escovedo. Madame d'Eboli n'est pas seule : j'aperçois don Antonio Perez avec elle. Il faut croire que quelque chose de grave, de terrible, le ramène près d'elle aujourd'hui. Ils s'étaient séparés pour toujours, et leurs amours avaient cessé. Mais Escovedo va entendre tous leurs secrets. Ma maîtresse est perdue. Comment faire ?

SCÈNE III.

LA PRINCESSE D'EBOLI, INESILLA.

MADAME D'EBOLI.

Inesilla !

INESILLA.

Me voici, Madame.

MADAME D'EBOLI.

Ecoutez. Vous savez que je ne me suis jamais cachée de vous, Inesilla : je veux, dans ma conscience, vous sentir près de moi comme témoin de l'entrevue qu'Antonio Perez me demande. Vous ne vous écarterez pas loin d'ici. Veillez à ce qu'on ne nous écoute pas.

INESILLA, à part, en s'éloignant.

La recommandation tombe bien. Oh ! imprudente que je suis !

SCÈNE IV.

MADAME D'EBOLI, ANTONIO PEREZ.

ANTONIO PEREZ.

Pardonnez-moi, Madame, de reparaître encore une fois devant vous. Je suis venu vous prier de me rendre un service immense, urgent, que je ne puis plus obtenir du roi que par vous : la grâce d'un homme que l'on vient de condamner à mort dans son Conseil. Il faut que je le sauve à tout prix.

MADAME D'EBOLI.

Il suffit, don Antonio, je vais demander sa grâce au roi, ou plutôt à Dieu, afin qu'il m'aide à l'obtenir.

PEREZ.

Je n'oserais jamais vous dire tout ce que je dois à cet homme. C'est plus qu'un homme à mes yeux, c'est presqu'un Dieu ; je lui dois plus que la vie. Je suis devenu premier ministre du roi Philippe II, et il n'est rien, lui ; mais j'estime plus son caractère que toute ma fortune, par ce qu'il est béni de l'Aragon, mon pays natal et le sien. Il ne m'a fait que du bien toute sa vie, et je ne lui ai fait que du mal. J'ai manqué à tous mes devoirs envers lui. Je le crains. Sa vertu me fait peur. J'ai même pensé un moment qu'il s'était fait prendre et condamner en plein Conseil du roi, pour me punir de mon ambition et de mes fautes, en venant périr sous mes yeux. Et voilà qu'il vient d'être condamné dans ce palais où je suis tout après le roi, condamné à mourir, aujourd'hui peut-être, et je ne puis plus rien pour lui. C'est en vain que je l'ai défendu jusqu'à la fureur contre ses ennemis. On ne pouvait pas lui trouver de crime. Ils l'ont condamné comme hérétique.

MADAME D'EBOLI.

Comme hérétique ! alors tout est perdu.

PEREZ.

Oh ! non pas, Madame ; j'y mettrais plutôt la vie, plutôt l'honneur. — Hélas ! je me sens encore tout agité des émotions de ce débat funeste. Il me semble qu'un destin nouveau commence pour moi et que la fortune se retourne. Un frisson d'épouvante m'a saisi. Vous savez que nous avons pour collègue dans le Conseil du roi un homme....

MADAME D'EBOLI.

Qui est votre ennemi mortel, et qui vous tient en échec auprès du roi tous les jours davantage ; prenez garde !

PEREZ.

On pourrait surnommer cet homme l'ennemi du genre humain. Je me sens à bout de lutte avec lui. Il voit des crimes partout. Il ne connaît pas d'autres moyens pour gouverner les hommes que la calomnie, la torture, l'inquisition. Parents, amis, ennemis, il frappe sur tous et partout à la fois. Il n'y a pas de chimères au monde qu'il n'invente et ne poursuive. Son génie est devenu risible à force d'être fécond et inquiet.

MADAME D'EBOLI.

Ah ! prenez garde, on m'a dit que vous amusiez le roi avec ce personnage dangereux, en le comparant au chevalier de la Manche que Cervantes vient d'illustrer.

PEREZ.

Oui, Madame ! Mais il y a une grande différence entre eux : c'est que la gaîté suit partout l'immortel chevalier, tandis que celui-ci, c'est l'effroi. Il est vrai qu'il m'a toujours fait rire, malgré les terreurs qu'il me cause.

MADAME D'EBOLI

Et vous avez eu tort. La patience infâme de cet homme triomphera un jour de votre habileté même. Sans vous, il y a longtemps qu'il se serait emparé du sombre Philippe II, et qu'il aurait marqué son règne d'un caractère fatal. Je vous prédis qu'il vous surprendra quelque jour.

PEREZ.

Eh bien ! c'en est fait, Madame, ce jour fatal est arrivé ; Vasquez l'emporte aujourd'hui sur moi.

MADAME D'EBOLI.

Grand Dieu ! que m'apprenez-vous là ? Vous n'avez plus rien à me cacher maintenant, dites-moi tout.

PEREZ.

On n'agitait au Conseil que des projets funestes. C'est en vain qu'Escovedo menace le roi : Philippe II a craint son frère, et c'est assez : don Juan d'Autriche est perdu, malade et bientôt mourant, au sein de ses triomphes. Oui, c'en est fait, vous dis-je, une ère nouvelle commence pour l'Espagne. Vasquez a réussi à perdre don Juan d'Autriche dans l'esprit du roi, et par conséquent Escovedo, son secrétaire, avec lui. Mais, par un contre-coup hardi, et pour me perdre à mon tour avec eux, il a reporté ses mêmes accusations de complot avec don Juan, de ligue, d'hérésie même, contre don Sanche Carreguy, mon compatriote aragonais, mon ami, mon sauveur, — mon beau-père, enfin, — puisqu'il faut tout vous dire. Jugez de sa ruse ! il l'avait fait arrêter en Aragon à mon insu, et le tenait enfermé dans l'Escurial ; il l'a fait condamner à mort devant moi, en plein Conseil. J'ai combattu vivement pour don Juan, pour Escovedo. J'ai combattu plus vivement encore pour Carreguy. Et me voilà suspect à mon tour, au grand triomphe de Vasquez.

Il ne voit partout que des révoltes. Il invente surtout des alliances d'idées qui n'appartiennent qu'à lui : il a su, par exemple, trouver du rapport entre les antiques Fueros d'Aragon que don Sanche défend avec tout son peuple, et la rébellion des Belges. Il y voit l'affranchissement et l'hérésie, comme aux Pays-Bas, comme à la Rochelle, comme en Béarn. — « C'est l'hérésie qui nous a fait tout ce mal, » s'est-il écrié. Anéantissons-la par le fer et par le feu. L'hé- » résie, c'est la révolte éternelle. Et l'Espagne, l'Espagne » seule, est appelée à l'extirper du cœur de toutes les na- » tions, en leur donnant Philippe II pour roi. Tout se tient

» ici-bas dans les régions du mal, tout se lie. Voyez ! le » Béarn en est infecté. Elle a passé de là en Navarre et en » Aragon, royaume séparé de nous dans tous les temps. Ne » vous étonnez donc plus si don Juan, qui recherche en » mariage la reine Elisabeth, a fait alliance avec les Fueros » hérétiques de l'Aragon, pour monter au trône de son » frère. » — En entendant Vasquez et ses noires accusations, je me suis emporté contre lui jusqu'à la fureur, je suis sorti du Conseil. Il ne me restait plus d'autre moyen pour sauver don Sanche que d'accourir vers vous, en reprenant pour la dernière fois les détours secrets, les passages mystérieux qui ne sont connus que de vous et d'Inesilla.

MADAME D'EBOLI.

Je vous promets de sauver votre ami. Oui, j'y réussirai, dût-il m'en coûter la vie. Ce sera pour moi un plaisir inexprimable de disperser le bûcher qu'on dresse déjà pour lui, sans doute. — Après cela, vous serez encore libre de me récompenser par vos mépris, si vous le voulez.

PEREZ.

Moi!

MADAME D'EBOLI.

Eh ! mon Dieu, oui.

PEREZ.

Moi, par mes mépris !

MADAME D'EBOLI.

Oui, j'ai été méprisée par don Antonio Perez, devenu premier ministre de Philippe II après la mort de mon mari, et c'est moi qui l'ai conduit secrètement aux premiers honneurs de l'Etat, sans qu'il reconnût mon influence au-dessus de lui, sans qu'il en eût même un soupçon.

PEREZ.

Je rougis de honte. Ah! que viens-je d'entendre! ne m'accablez pas, Madame, j'étais devenu fou d'orgueil et de vanité; je n'attribuais qu'à mon mérite la fortune où j'étais parvenu.

MADAME D'EBOLI.

Et moi, combien j'ai souffert des mépris d'Antonio!

PEREZ.

Je vous demande mille pardons, Madame. Mon ambition grossière s'étonne enfin d'elle-même et s'épouvante. Mon orgueil se tait. Je tremble sous le poids de mes fautes et de mes injustices.

MADAME D'EBOLI.

Ah! du reste, vous avez bien fait de me punir par vos mépris de la puissance odieuse que j'avais acquise auprès du roi, ou plutôt de la fatale destinée qui s'est emparée de ma vie tout entière. — Où est donc le bonheur ici-bas, ô mon Dieu? J'ai trop souffert. J'ai été comme une âme égarée qui se plonge et se perd dans une sombre puissance, mais qui n'ose plus s'attacher à la terre, ni regarder les cieux. — Voyons, Antonio, parlez-moi franchement, avez-vous jamais pensé que j'aie pu me soustraire à ce joug de honte, et que je ne l'aie pas fait? Voyons, l'avez-vous pensé? Le croyez-vous, enfin? Dis Antonio, le crois-tu?... (Antonio Perez est tellement ému par cette vive apostrophe qu'il ne peut pas même balbutier un mot d'excuse. Madame d'Eboli reprend avec tristesse.) Ingrat! ingrat! je cours de ce pas arracher don Sanche Carreguy à Philippe II; mais vous ne me mépriserez plus, après l'avoir sauvé. Ecoutez plutôt. Je peux tout vous dire à présent.

J'étais encore bien jeune, quand on me maria au prince d'Eboli. Je vous aimais, Antonio, mais j'étais née d'un sang presque royal, et vous d'une naissance illégitime, quoique illustre. On surprit mon secret. On me trompa sur vous. On me tint renfermée dans un couvent du midi de l'Espagne, jusqu'au moment où je fus mariée par ma famille au prince d'Eboli, favori de Charles-Quint, et resté premier ministre de Philippe II jusqu'à sa mort. — Oh! je n'avais pas alors une volonté pareille à celle que j'aurai aujourd'hui. — J'ai reparu à la cour (à part) sous ce nom d'Eboli que je devais déshonorer (haut) et dans un éclat de fortune éblouissant. Vous vous rappelez toutefois que je n'ai plus voulu vous souffrir devant mes yeux : je vous ai écarté de moi résolument, sans affecter de vous fuir, ce qui eût été nous perdre ; je vous ai protégé secrètement auprès de mon mari et de Philippe II ; je vous ai conduit au pouvoir suprême par des voies lentement préparées ; je vous ai mis dans la confiance intime du roi à côté de mon mari, et bientôt à sa place même au Conseil, lorsque le poids des affaires et son âge avancé l'ont conduit au tombeau.

PEREZ.

Et je ne m'étais pas douté de cette protection ! Et même vos rigueurs envers moi m'enflaient de mon sot mérite, en n'attribuant qu'à moi ma fortune ! Je marchais la tête haute et vaine. Je m'avançais joyeusement dans la confiance austère du roi, en l'amusant de mille récits, en adoucissant ou en abrégeant ses travaux, c'est-à-dire ses douleurs, et je m'abandonnais comme un insensé aux délices que la fortune m'apportait de toutes parts. Je vous avoue, à ma honte, que je n'ai pas reconnu la main généreuse qui me conduisait à la fortune.

MADAME D'EBOLI.

J'étais donc devenue veuve. — J'avais de tout temps écarté don Antonio de ma présence avec un soin jaloux, et j'avais résisté aux obsessions ardentes du roi pendant que mon mari vivait, et surtout depuis sa mort, en me flattant de l'espoir de donner un jour ma main à celui que j'aimais ; quand.... ô blasphème ! ô destinée ! ô douleur éternelle ! je rougis de honte en en parlant ; je n'ai jamais pu m'expliquer par suite de quelle ruse abominable je reconnus avec désespoir que j'étais devenue la maîtresse du roi. Tout mon bonheur fut perdu. Il n'y a rien de secret à la cour. J'aimais Antonio, et je fus méprisée par lui. Au moins, il peut me rendre témoignage que je n'ai plus été sa protectrice depuis ces jours de honte ; j'ai eu contre lui la rage qu'il a eue contre moi ; et de dépit, je le sais bien, de mépris entre nous, il est allé dans son Aragon faire, je ne sais quel mariage, qui ne lui a pas porté bonheur, m'a-t-on dit?

PEREZ.

Je vous haïssais mortellement.

MADAME D'EBOLI.

Et moi, je l'aimais toujours plus.

PEREZ.

Mais bientôt la vengeance m'ayant ramené à Madrid, tout a tourné à mon éblouissement suprême, à mon enivrement: on aurait dit que Philippe II récompensait à plaisir la haine que vous aviez pour moi et celle que j'avais pour vous.

MADAME D'EBOLI.

Chose incroyable! mon aversion pour vous redoublait, comme par instinct, les faveurs dont il vous comblait.

PEREZ.

Et moi, de fureur et de perversité, je me suis abandonné à tous les désordres. Je n'ai plus gardé aucune mesure. J'ai désespéré ma femme, caractère si noble et si calme, religion si pure. Je n'ai pas écouté ses conseils. Je ne lui ai pas donné mon cœur. Je lui ai fait souffrir tous les désenchantements que la plus folle vanité puisse inventer. Je l'ai poussée à bout. A la fin, sa dignité blessée a pris le dessus de son cœur, et voilà bientôt trois ans qu'elle m'a quitté pour retourner auprès de son père, en emmenant nos enfants avec elle.

MADAME D'EBOLI.

Je me sens devenue plus triste et plus chagrine. C'est encore moi, hélas! sans le vouloir, qui suis la cause du malheur de cette femme.

PEREZ.

Oh! alors, quand je me vis abandonné par elle, je conçus dans tout mon être l'idée d'une vengeance qui ne me quitta plus: je redoublai de caresses feintes et cruelles auprès de

Philippe, et le flattai comme Vasquez, afin de me venger plus sûrement de lui, en m'emparant de sa maîtresse.

MADAME D'EBOLI.

Assez, don Antonio. — Vous ne me connaissez pas encore tout entière, mais vous allez mieux me connaître. Il n'y aura plus un seul mot de prononcé entre nous qui n'ait rapport à votre ami, à votre femme, à vos enfants ; c'est moi qui sauverai don Sanche Carreguy ; c'est moi qui vengerai votre femme de tous les maux qu'elle a soufferts, et qui ramènerai vos enfants auprès de vous. Je vous jure, au nom de tout ce qu'il y a de plus sacré au monde, qu'il n'y a plus de roi pour moi, et qu'il n'y aura plus d'Antonio. Vasquez a bien fait d'arrêter Carreguy. Sa condamnation, qui nous presse, a dessillé nos yeux. Sauvons-le donc, puisque nous ne pouvons plus rien de bien sur cette terre. Sauvons-le au moins. Écoutez votre, si je le puis. — Une chose étrange se passe en ce moment dans l'Escurial. Tout irrite Philippe II. Il y a déjà longtemps que j'ai repris ma liberté, et que je la tiens dans mes mains (elle tire de son sein une fiole de poison) ; — la voici. Mais le roi en est devenu plus sombre ; il ne veut plus que je quitte son Escurial ; il m'enferme comme un jaloux ; il me garde à vue pour ainsi dire ; en sorte que je pourrais obtenir de lui tout ce que je voudrais, parce que je ne lui appartiens plus. Allez, Antonio, soyez tranquille. Reprenez pour la dernière fois ce passage mystérieux qu'Inesilla seule connaissait avec vous.

(Antonio Perez s'incline avec crainte et respect devant la princesse, en prenant ses deux mains qu'il voudrait porter à ses lèvres ; mais celle-ci les retire doucement, et lui montre le passage par où il est venu. Elle ajoute :)

Souvenons-nous de Carreguy. Adieu, Antonio !

SCÈNE V.

MADAME D'EBOLI, *seule.*

Nous ne nous reverrons plus!... Et cependant j'ai aimé cet homme d'un amour profond, je l'aime toujours ; je n'aime que lui au monde. Comment s'est-il donc fait, mon Dieu, que j'ignorais presque et son mariage et leur séparation ! Il est vrai que sa femme n'a point voulu paraître à la cour ; il m'avait lui-même en horreur ; et moi, offusquée et blessée de ses mépris, je vivais renfermée dans ma tristesse. Nous avions cru nous venger un jour de notre infortune ; mais, hélas ! l'ivresse de la vengeance n'est point le bonheur. Nous voilà devenus plus malheureux que jamais. Ah ! que du moins cette révélation suprême nous serve à quelque chose, à l'expiation de nos fautes, et que je meure ensuite.

SCÈNE VI.

MADAME D'EBOLI, INESILLA.

INESILLA, *accourant avec une agitation d'esprit qu'elle ne saurait plus contenir.*

Il est sorti.

MADAME D'EBOLI, *réveillée comme en sursaut.*

Sorti ! — Ah ! tant mieux ; je suis bien sûre qu'on ne l'a pas vu ; il est si adroit et si prompt. — J'espère que tu as tout entendu. Tu vois que c'est notre dernière entrevue.

INESILLA.

Rentrez, rentrez, Madame, dans vos appartements, et ne vous livrez point à cette mélancolie.

MADAME D'EBOLI.

En effet, il ne faut pas que j'oublie le devoir sacré que j'ai à remplir. Le roi va venir, selon sa coutume, en sortant du Conseil, et j'ai une grâce importante à lui demander, tu sais. Viens, Inesilla, ne me quitte point. Je vais me préparer à obtenir cette grâce en me mettant en prières, si j'ose encore m'agenouiller aux pieds de l'Eternel.

INESILLA.

Je vous suis.

SCÈNE VII.

INESILLA puis ESCOVEDO.

INESILLA.

Ma maîtresse est perdue. Escovedo sait tout. — (Elle court à la galerie où elle a caché Escovedo.) Sortez, Monseigneur.

ESCOVEDO, sortant gaîment de la galerie.

Je ne demande pas mieux, ma toute belle.

INESILLA.

Parlez plus bas, Monseigneur. Je suis sûre que vous avez tout entendu.

ESCOVEDO.

Oh ! mon Dieu, oui, tout.

INESILLA.

Qu'ai-je fait, malheureuse ! oh ! combien je me repens.

ESCOVEDO.

Et de quoi donc, senorita? il ne faut jamais se repentir d'une bonne action. Foi d'Escovedo, ni Antonio Perez qui est mon ami, ni votre maîtresse, n'ont rien à craindre de moi. Ils s'aiment, et ils font bien. Ils se sont vengés de Philippe II à leur manière, et ils ont bien fait. Je trouve même qu'ils ne se sont pas assez vengés de lui. Je n'aime pas ce roi sombre et jaloux qui refuse tout à son frère. — Seulement, il y a une chose qui m'a surtout frappée durant leurs disputes amoureuses, c'est la conduite de Vasquez envers moi. Quel bon parent j'ai là ! quel adorable cousin ! Il est vrai que Matheo Vasquez ne serait pas précisément mon héritier, parce que je n'ai rien ; mais je suis son cousin-germain, mordienne ! et sa bonté pour moi m'a touché jusqu'au cœur. Ah ! ah ! nous nous reverrons avant mon départ, cousin Matheo. Je n'aime pas qu'on trahisse. C'est assez vous dire, ma charmante, que vous n'avez rien à craindre pour les amours tremblantes d'Antonio Perez et de votre Eboli ; à titre de revanche, hélas ! si vous pouviez être moins cruelle à Escovedo, trahi, vendu, livré par son plus proche parent.

INESILLA.

Ah ! pardonnez-moi, Monseigneur, ce doute injurieux ! je vous savais noble autant qu'un Espagnol peut l'être ; mais j'aime tant Mme d'Eboli, que j'avais craint un moment pour elle votre vivacité. Pardon ! cette vivacité même aurait dû plutôt dissiper mes craintes.

ESCOVEDO.

Non, je ne les trahirai pas ; oh ! non, certes. Il faudra seulement que je bannisse du cœur de vos deux amoureux un excès de mélancolie qui me déplaît : je n'aime pas qu'on parle de regrets en amour, de remords et surtout de poison. Ah ! voilà bien mon étourdi ; j'ai manqué la plus belle occasion qu'un traître de théâtre ait jamais eue pour faire trembler sa maîtresse, et amener à composition son amour rebelle.

INESILLA, riant.

Quant à moi, me voilà tout-à-fait rassurée. Je n'ai plus peur que d'une chose, c'est que cette franche gaîté n'ait eu le même charme auprès des Bruxelloises, et ne les ait gagnées, comme moi, à la cause de don Juan.

ESCOVEDO, avec une vivacité de mauvaise humeur comique.

Encore ! vous riez de tout, Inesilla, et votre malice ingénieuse ne se plaît qu'à me tourmenter. Eh bien ! mais, et vous donc ?

INESILLA.

Moi!

ESCOVEDO.

Oui, vous.

INESILLA.

Moi! est-ce que vous seriez vraiment jaloux de moi, seigneur Escovedo?

ESCOVEDO.

Et pourquoi donc ne serais-je pas jaloux de vous, Inesilla?

INESILLA, riant aux larmes.

Ah! ah! ah! c'est que j'ai peut-être fait comme vous, Monseigneur; j'ai mis votre absence à profit, j'ai fait un amoureux.

ESCOVEDO.

Un amoureux? et qui donc?

INESILLA.

Je n'ose pas vous dire son nom : je crains votre pétulance trop connue et votre épée.

ESCOVEDO.

Oh! tenez, je..... vous avez toujours mille secrets nouveaux pour aiguiser ma jalousie.

INESILLA.

Eh bien! oui, soyez jaloux de moi pour tout de bon, Monseigneur. Je suis bien aise de vous voir jaloux. Permettez-moi néanmoins de ne pas vous dire le nom de mon amoureux. Vous ne m'aimez pas autant que lui, vous. C'est un amour singulier, charmant, bien réel, et tout plein d'une familiarité généreuse. Il n'y a pas de journée qu'il ne passe avec moi quelques heures. Et il m'aime trop pour que je me joue de son amour, Il est fou de moi, vraiment fou. — Mais, j'y songe, voici son heure, et vous allez vous rencontrer tous deux dans cette salle. Vous allez vous battre en duel avec lui. Vous êtes si vif. — Ah! vous voilà tout intrigué.

ESCOVEDO.

Rusée! malicieuse et charmante créature! allons, je vous promets de ne pas tuer votre amoureux; dites-moi son nom.

INESILLA.

Vous allez le savoir à l'instant, puisque le Conseil vient de finir et que le roi n'est pas loin. Vous venez d'entendre que le roi vient faire sa cour à la princesse d'Eboli en sortant du Conseil, et qu'il n'est pas le plus heureux des hommes en ce moment, le désolé monarque. Eh bien! mon amoureux est plus heureux que lui, Monseigneur; jugez-en, le voici qui arrive.

ESCOVEDO.

Qui, le fou du roi?

INESILLA.

Oui-dà, Monseigneur, le fou du roi, l'oncle Martin, qui est encore plus fou de moi.

ESCOVEDO.

Oh! me voilà désarmé. Je ne m'attendais point à ce rival. Charmante Inesilla, toujours charmante....

INESILLA.

Prenez garde! je vous ai dit qu'il m'aimait, et il ne faut pas faire souffrir un cœur qui aime avec sincérité, lors même qu'une enveloppe grossière cacherait aux yeux des autres une âme délicate et fidèle.

ESCOVEDO.

Alors, ménageons-le, et pour ne pas rendre mon rival trop jaloux, gardons-nous bien de parler même d'amour à Inesilla. O rusée! ô cruelle et capricieuse que vous êtes?

SCÈNE VIII.

ESCOVEDO, INESILLA, L'ONCLE MARTIN.

INESILLA.

Bonjour, mon oncle.

L'ONCLE MARTIN, aigrement.

Bonjour, ma nièce.

INESILLA.

Soyez le bien-venu au milieu de nous, mon oncle.

L'ONCLE MARTIN.

Pas déjà tant, peut-être. Ah çà ! seigneur Escovedo, vous avez pourtant bien autre chose à faire que d'être ici.

ESCOVEDO.

Ne vous inquiétez pas de moi, oncle Martin. Avec Escovedo, tout marche de front : je sers peut-être mieux don Juan auprès d'Inesilla que devant le conseil de Philippe II.

L'ONCLE MARTIN.

Croyez-vous ? Il me semble cependant, Monseigneur, que cette journée nous prépare quelque événement imprévu. Du reste, voici le roi qui me suit.

ESCOVEDO.

Le roi !... ah ! cela tombe à merveille ; je vais enfin lui demander s'il veut laisser mourir son frère au milieu de ses triomphes ou lui tendre la main.

L'ONCLE MARTIN, hochant la tête.

Le caractère du roi est tout changé depuis quelque temps. Je ne le reconnais plus. Je me vois forcé de céder ma place à un homme qui ne le quitte plus d'un seul pas et l'empoisonne de ses mauvais conseils. Moi, je l'amenais gaîment voir sa maîtresse ; mais l'homme d'Etat illustre qui me remplace auprès de lui, l'entraîne plutôt à un autodafé que chez madame d'Eboli. Son humeur en est devenue chagrine, soupçonneuse, jalouse. Et je le vois vieillir avant l'âge. — Il ne s'agit donc plus pour vous de rire avec Inesilla : Vasquez poursuit un but plus profond. Voulez-vous que je vous répète ce que Perez disait au roi l'autre jour en riant : — « Sire, il me semble que Vasquez est bien plutôt le » cousin-germain de don Quichotte que d'Escovedo. »

ESCOVEDO.

Pardieu ! Perez a bien raison.

L'ONCLE MARTIN.

Le roi s'est mis à rire de ce propos, ce qui ne l'empêche pas d'incliner tous les jours davantage à son Vasquez. Or, le voici qui vient chez madame d'Eboli, et vous allez voir que don Matheo le précède ou le suit de tout près, en méditant quelque machination nouvelle qui éclatera tout à coup sous nos pas. Vous verrez.

ESCOVEDO.

Allons donc, vous ne m'effrayerez pas comme un enfant avec votre Vasquez, mon bon oncle. Vous êtes si heureux d'avoir ici vos franches entrées, que vous voudriez déjà me voir auprès de don Juan.

L'ONCLE MARTIN.

Ah ! pour cela, oui, Monseigneur.

ESCOVEDO.

J'en étais sûr.

L'ONCLE MARTIN.

Je m'échappe si volontiers de mes fonctions de cour pour venir un moment auprès d'Inesilla. Repartez donc au plus vite chez vos Welches. Vite, vite, embarquez-vous sur l'Armada invincible, et conquérez la Hollande et l'Angleterre : j'aime bien mieux que votre Elisabeth couronnée la basquine d'Inesilla. Du reste, je ne suis pas son oncle, entendez-vous ; c'est un nom de familiarité qui lui est venu un jour à la bouche en m'appelant, et qui nous a fait bien rire ; mais je suis son amoureux, et pas son oncle. Repartez donc vite. C'est bien fait que don Juan vous rappelle.

ESCOVEDO.

Vous aimez donc bien Inesilla.

L'ONCLE MARTIN.

Si je l'aime?

ESCOVEDO.

Et sans doute elle vous aime d'un amour égal au vôtre?

L'ONCLE MARTIN.

Ah! quant à cela, je n'en sais rien, je ne le lui demande pas. Je l'aime, et cela me suffit. J'en suis même un peu jaloux. Nous avons bien ri le jour qu'une espièglerie d'Inesilla a trouvé ce mot charmant : « mon oncle! » ce titre de famille tout singulier, mais si heureux pour moi, et dont je profite à tous mes loisirs. J'entre ici à toute heure sous ce nom familier, « mon oncle », et je n'ai pas l'air d'un amoureux ni d'un jaloux avec ce titre; je vas, je viens, je rencontre Inesilla quand je veux, sans que les cœurs en soient blessés, et sans craindre l'inquisition.

INESILLA, riant aux larmes.

Cela n'empêche pas que vous me compromettez tous les jours.

L'ONCLE MARTIN.

Moi, non pas, je suis un oncle qui peut être amoureux de sa nièce autant que son cœur désire, sans qu'on y songe seulement. Croiriez-vous que Philippe lui-même a pris d'Inesilla ce nom charmant qu'elle m'a donné, et que ce nom seul a la faculté de dérider le front soucieux du roi! toutes les fois qu'il se sent embarrassé de don Vasquez, il vient trouver l'oncle Martin, et sa gaîté le guérit. Ce qui me donne à penser qu'un fou peut quelquefois être utile au plus sage. Ah! si l'on m'eût écouté, seigneur Escovedo, il y a trois semaines que vous auriez eu tout l'or de nos galions américains et que vous seriez avec don Juan. Voilà ma politique.

ESCOVEDO.

Je vous vois venir, oncle Martin.

L'ONCLE MARTIN.

Vous riez. Eh ! pardieu là, vous vous devez avant à don Juan : Inesilla a trop de bon sens pour croire en vous, amoureux de passage et coureur d'héroïques aventures. Je ne suis pas d'ailleurs si ambitieux. J'ai vu l'autre jour, près des cuisines de l'Escurial, un faquin qui mangeait son pain à la fumée du rôti, et le trouvait, ainsi parfumé, grandement savoureux. Que direz-vous du rôtisseur? Il s'en vint furieux et voulait faire payer au pauvre diable la fumée qui sortait de sa cuisine. — Ne faites pas comme lui, Monseigneur. Partez, retournez aux tables surchargées de la grasse Belgique, et laissez-nous rire au soleil de notre patrie.

ESCOVEDO, moitié riant et moitié mélancolique.

Allons, vous ne tarderez pas à être délivré de moi, je pars demain.

L'ONCLE MARTIN.

Ah ! tant mieux.

ESCOVEDO.

Et que sais-je ce qui arrivera de moi, une fois à la merci des évènements?

L'ONCLE MARTIN.

Si vous mourez, nous prierons Dieu pour vous.

INESILLA, vivement, en apercevant Vasquez.

Taisez-vous, amis, rentrez vos gais propos, voici le trouble-fête qui arrive.

L'ONCLE MARTIN.

Vasquez! alors le roi n'est pas loin : il précède ou suit partout le roi comme son ombre, même quand il vient chez sa maîtresse. Pouah! c'est une médecine atroce que cet homme, un cauchemar, un enfer. On n'a jamais vu de fécondité pareille à celle de ce cerveau malsain. Il a toujours quelque piége préparé sous nos pas. Ah ! mon Dieu, tenez, voyez plutôt, j'aperçois Antonio Perez qu'il entraîne à sa suite, malgré lui, pour le mêler à quelque projet funeste, à quelque autodafé.

ESCOVEDO.

Cela n'est que trop vrai. Mais, tout beau, mon cousin, vous n'irez pas plus loin, sans m'avoir parlé. On dirait que tout se tourne en ma faveur aujourd'hui, pour que j'atteigne enfin au but de mon voyage, après tant d'efforts inutiles.

SCÈNE IX.

LES PRÉCÉDENTS, DON MATHEÕ VASQUEZ, ANTONIO PEREZ.

VASQUEZ, *à Antonio Perez qu'il ramène avec lui.*

Où couriez-vous donc, mon collègue ? Et d'où sortiez-vous? Par saint Jacques ! vous avez disparu du Conseil avec un emportement qui nous a tous surpris.

PEREZ, *à part, en apercevant Escovedo chez Madame d'Eboli.*

Que vois-je ! Escovedo ici ! aurait-il entendu...

VASQUEZ.

Vous ne me répondez pas. Vous voilà tout embarrassé, tout préoccupé. On dirait que je vous ai surpris dans vos tours et vos détours comme dans un piége. D'où sortiez-vous donc ? Vous conviendrez avec moi que ce n'est pas pour rien, mon collègue, que vous nous avez quittés d'une manière si menaçante. Prenez-y garde ! il ne nous échappe rien. Nous saurons pourquoi. J'en ai déjà un soupçon.

ESCOVEDO.

Mon cousin, il ne s'agit point ici d'Antonio Perez, mais d'Escovedo. Je remercie enfin le hasard qui vous met sur mon chemin. Voilà trois semaines, mon cousin, trois mortelles semaines, que je frappe à toutes les portes pour obtenir les secours qu'on nous avait promis, et je n'ai pu parler qu'une fois au roi, mais à vous, pas une seule. C'est à n'y rien comprendre. J'ai entendu dire que vous étiez mon ennemi le plus acharné dans le Conseil.

PEREZ, à part, en regardant Escovedo avec étonnement et inquiétude.

Il n'y a plus de doute pour moi, Escovedo a tout entendu.

VASQUEZ, hypocritement, à Escovedo.

Mais, mon cousin, vous vous trompez. Qui a pu vous dire?...

ESCOVEDO.

Que vous importe? je le sais.

VASQUEZ. (Nouveau mouvement plus marqué d'Antonio Perez.)

Oh! si cela m'importe? Je voudrais bien savoir quel est celui de mes collègues qui révèle au dehors les secrets du Conseil... pour lui soutenir en face...

ESCOVEDO.

Que cela n'est pas vrai, n'est-ce pas, mon cousin?

VASQUEZ.

Sans doute.

ESCOVEDO.

Et moi, je l'ai entendu, vous dis-je; je le sais, je l'affirme.

VASQUEZ, en regardant Antonio.

Mais je saurai qui.

ESCOVEDO.

En tous cas, c'est à vous que je demande raison des refus que j'essuie. Vous ne devez cependant pas ignorer ce qui se passe en Belgique. Don Juan se meurt dans l'inaction. Le vainqueur de Lépante est mis au ban de l'Espagne par son frère. Le pacificateur de Grenade et des derniers Abencerrages reçoit pour récompense de ses exploits la jalousie de son frère. Il a reconquis au roi la Belgique presque abandonnée, et ses victoires répétées n'aboutissent à rien, faute de secours; il se meurt à Malines où tout son héroïsme et son génie se consument dans l'impuissance. Les Belges sont soumis. La religion reprend son empire. L'autorité du roi est rétablie partout. Oh! croyez-moi, c'est à désespérer de Dieu et des hommes. Il ne lui restait plus à vaincre que les vieux ferments de haine qui se confinent dans les provinces du nord. Vingt années de bouleversement et de guerre les avaient épuisées. Un dernier coup restait à porter. Et, de lui-même, le prince d'Orange allait soumettre à don Juan ses trois provinces affamées de repos. — Je vous en prie, mon cousin, l'heure décisive est arrivée, je vous en prie instamment dans l'intérêt du roi, aidez-nous à pacifier profondément la Belgique, ramenez à nous vos collègues, faites comme Perez.

VASQUEZ.

Eh bien! quoi, Perez... qui vous a dit que Perez?...

ESCOVEDO.

Il n'y a que vous et lui dans le Conseil qui conduisez l'Etat. Perez m'appuie.

VASQUEZ.

C'est lui, alors, qui vous a tout dit. — *Il se retire à l'écart dans une agitation profonde et dit à part :* Ah! je m'en étais toujours douté, Perez me trahit. Perez me tourne en ridicule auprès du roi. Et Perez va me le payer cher aujourd'hui. Mon génie avait deviné ce triumvirat. Ces trois hommes se sont donné la main pour me perdre, et ils périront tous trois, don Juan d'Autriche, Antonio Perez, et son beau-père l'aragonais Carreguy. Escovedo est l'âme du complot. Nous allons commencer par lui. — *Il revient en scène vivement.* Je ne m'étonne plus si don Antonio Perez est avec vous, mon cousin : c'est la même religion et les mêmes mœurs; c'est la même ambition et la même ligue effrontée; et c'est de tous les côtés le même abîme pour l'Espagne. Mais la dynastie autrichienne qui nous gouverne est inflexible comme le destin. La défense de la loi contre les Sarrasins a rendu la patrie grande et austère. La même poursuite contre les protestants achèvera d'étendre son empire sur l'Europe entière. Point de concessions à l'hérésie. Point de repos. La foi partout. Je vais vous en donner une preuve, Messieurs, écoutez. Le Conseil a décidé qu'un nouvel autodafé serait donné au peuple devant l'Escurial, aujourd'hui même, afin d'arrêter le mal dans sa source.

PEREZ, avec effroi.

Aujourd'hui ! dites-vous.

VASQUEZ.

Et qu'une victime serait frappée, grande et illustre dans toute l'Espagne, quoiqu'elle ait été choisie dans les rangs de la noblesse la plus pauvre du royaume.

ESCOVEDO.

Et quelle est cette victime?

VASQUEZ, à part.

Ah ! je t'attends au piége que tu ne devines pas, heureux Antonio, tout est prêt pour te perdre, je te tiens dans mes mains. — Haut. C'est un homme qui s'est avoué trop visiblement le complice de don Juan par tous ses actes : agitant toutes les Pyrénées et rétablissant contre nous les libertés aragonaises, pendant que don Juan aspire à la main d'Elisabeth pour remplacer Philippe aux Pays-Bas et dans l'Espagne.

ESCOVEDO.

Ah ! cela, c'est une calomnie infame pour tous deux.

VASQUEZ.

Ayant puisé à la petite cour du Béarnais tous les principes de l'hérésie.

PEREZ.

Cela n'est pas vrai.

VASQUEZ.

Et fanatisant avec ces doctrines les provinces navarraises

mal domptées, vieux royaume des Cantabres que l'Ebre et les Pyrénées ont séparé du reste des Espagnes de toute éternité.

PEREZ.

Mais cela n'est pas vrai, je vous le répète.

VASQUEZ.

Un homme enfin dont toute l'Espagne acclame le nom. Je vois bien que je n'ai pas besoin de le vous dire, ce nom : il éclate pour ainsi dire à chaque mot sur vos lèvres.

ESCOVEDO.

Au nom de Dieu, mon cousin, ne faites pas mourir cet homme.

VASQUEZ.

L'échafaud est debout. Le roi va passer dans un moment avec toute sa cour, pour aller présider à cet acte de foi et de justice.

ESCOVEDO.

Et moi, mon cousin, je vous prie de surseoir à cet auto-da-fé. Si vous ne m'avez pas accordé dans une heure, et cette grâce, et les vaisseaux, et les trésors que je vous ai demandés, c'est à moi que vous aurez affaire. Au revoir.

INESILLA, transportée de joie.

Ah! très-bien, très-bien, seigneur Escovedo, je vous admire.

VASQUEZ, se retournant vers elle.

Quelle est cette femme? son nom?

Il inscrit quelque chose sur ses tablettes.

L'ONCLE MARTIN.

Ah! mon Dieu, n'allez pas la brûler aussi comme hérétique, seigneur Vasquez, c'est ma maîtresse, et ce serait dommage.

VASQUEZ.

Va-t-en, toi, injurieux bouffon, sors d'ici.

INESILLA, à part.

Et moi, je vais tout dire à ma maîtresse. J'ai bien fait d'écouter tout ceci. Prévenons les coups de Vasquez.

SCÈNE X.

ANTONIO PEREZ, VASQUEZ.

VASQUEZ.

Maintenant que nous sommes seuls, vous me permettrez, mon collègue, de vous faire part des soupçons que votre conduite a soulevés contre vous dans le Conseil : on a osé vous accuser ouvertement de complicité avec don Juan et son Escovedo. Or, vous pouvez bien songer qu'on n'a pas fait disparaître du monde don Carlos, fils unique de Philippe II, pour redouter aujourd'hui un Escovedo. On veut à tout prix mettre fin à leurs complots. Lisez plutôt ce billet.

Antonio prend le billet, le lit, et recule d'épouvante.

Eh bien! avez-vous compris?

PEREZ.

J'ai lu.

VASQUEZ.

Vous ne répondez pas à ma question. Je vous demande si vous avez compris le sens de ce billet.

PEREZ.

Je ne peux pas deviner; expliquez-moi vous-même ce que vous voulez dire avec lui.

VASQUEZ.

Moi, rien. C'est à vous de comprendre.

PEREZ.

Je ne peux, je ne veux pas comprendre. Eh! pour Dieu,

quel bien voulez-vous donc que fassent sur terre ces préceptes sombres, fatals, sanguinaires ?

VASQUEZ.

Ne perdons pas notre temps en paroles. Hâtons-nous. Voici le roi qui arrive. Avouez, au moins, que vous avez reconnu la main qui a tracé ce billet.

PEREZ, avec terreur.

Oui.

VASQUEZ.

Cela suffit. Je vous déclare maintenant qu'il n'y a plus d'autre moyen pour vous d'échapper aux soupçons de complicité avec don Juan, que de purger le royaume d'Escovedo.

PEREZ, reculant de surprise et d'horreur.

Moi, un assassin !

VASQUEZ.

Il n'y a que vous qui puissiez rendre ce service suprême à l'Etat, sans être soupçonné. On ne peut pas faire de procès à Escovedo à cause de don Juan. Nous n'avons pas d'ailleurs de crime assez direct à lui reprocher.

PEREZ.

O horreur ! mais c'est votre parent.

VASQUEZ.

J'étouffe en moi la voix du sang, quand l'Etat me l'ordonne. On vous accordera à ce prix la grâce de don Sanche Carreguy. Réfléchissez-y. Adieu ! — Je rejoins le roi et sa suite.

SCÈNE XI.

ANTONIO PEREZ, demeuré seul.

Dieu ! voici le roi. Don Sanche est perdu : l'auto-da-fé ne pardonne jamais en Espagne. Allons, le plus pressé l'emporte ; je trouverai toujours bien le moyen de sauver Escovedo du malheur qui le menace. Courons demander grâce au roi. Sauvons d'abord Carreguy.

FIN DU PREMIER ACTE.

ACTE SECOND.

(La même salle qu'au premier acte. Préparatifs d'une fête.)

SCÈNE PREMIÈRE.

INESILLA, L'ONCLE MARTIN.

INESILLA, courant au-devant de l'oncle Martin.

Arrivez, mon oncle, arrivez donc bien vite. Allez-vous enfin m'apprendre ce qui se passe de nouveau dans l'Escurial et ce qui s'y prépare ?

L'ONCLE MARTIN.

Je n'en sais rien. Tout ce que je puis vous dire, c'est que le roi a toujours son Vasquez avec lui, et que je ne l'ai jamais vu plus préoccupé, plus agité, plus sombre. On devine qu'il a au fond du cœur un secret qui le travaille et qui le ronge. On m'a dit, néanmoins, qu'il avait chargé Madame d'Eboli de donner une fête aux premiers seigneurs de sa cour, et j'ai entendu prononcer les noms d'Antonio Perez et d'Escovedo parmi les invités. C'est ce qui m'amène auprès de vous.

INESILLA.

En effet, nous préparons cette fête, et ma maîtresse est allée, belle et tremblante comme Esther, inviter le roi à venir y présider au milieu de toute sa cour. Vous savez déjà qu'il a suspendu l'auto-da-fé de l'Aragonais Carreguy, à la demande d'Antonio Perez.

L'ONCLE MARTIN.

On ne parle plus que de cet événement dans toute la cour.

INESILLA.

Madame d'Eboli compte sur cette fête pour obtenir sa grâce entière.

L'ONCLE MARTIN.

Je l'ai vue entrer chez le roi, et j'ai profité de ce moment de répit pour vous donner un coup de main aux préparatifs de cette fête, si vous le permettez.

INESILLA.

De grand cœur, mon oncle ; justement, ma maîtresse m'a chargée de la remplacer ici, et je vais vous occuper à l'instant même, comme si vous étiez mon intendant. Qu'en dites-vous ?

L'ONCLE MARTIN.

J'accepte. Allons, Inesilla, vite à mes nouvelles fonctions : vous allez voir qu'on va m'obéir gaiement, et que tout sera bientôt préparé. Eh ! ma foi, non, je ne suis plus jaloux d'Escovedo; je ne sais pas pourquoi j'ai admiré ce matin la délicatesse charmante d'Inesilla entre ses deux prétendants. Elle n'a point humilié le pauvre fou en présence du cavalier magnifique. Elle s'est contentée de rester la caméριste de madame d'Eboli, de l'aimer, de la servir, et n'a point d'autre ambition. Dieu me pardonne ! mon sort me plaît, parce qu'il me rapproche à tout moment des grâces naïves d'Inesilla.

INESILLA, souriant doucement.

Ceci nous écarte un peu de vos fonctions nouvelles, ô mon intendant, et ressemble à une déclaration.

L'ONCLE MARTIN.

Ah ! bah, ce sont les grands qui donnent des fêtes, et ce

ne sont pas eux qui sont les plus heureux de ce monde. Mais, tout impénétrables qu'ils sont, il n'y a guère de secrets pour le fou du roi et pour la camériste de madame d'Eboli. Oh ! mon Dieu, tenez, voulez-vous que je vous parle à cœur ouvert?

INESILLA.

Dites.

L'ONCLE MARTIN.

Il me semble depuis quelque temps que don Matheo a mis le roi à la piste de quelque secret dangereux sur votre maîtresse.

INESILLA, vivement.

Oh ! non, non, quel secret voudriez-vous qu'il y eût sur nous?

L'ONCLE MARTIN.

Quel secret? quel secret? cela ne me regarde pas.

INESILLA.

Si fait, dites toujours.

L'ONCLE MARTIN.

Vous me permettez alors de dire tout.

INESILLA.

Oui.

L'ONCLE MARTIN.

Eh bien, je crois que Vasquez a rendu le roi jaloux de Madame d'Éboli... à cause d'Antonio Perez. Je connais mon Philippe II sur mes doigts, mais son Vasquez encore mieux. Ah! soyez-en sûre, l'idée de ce festin que vous préparez par ordre du roi...

INESILLA.

Achevez.

L'ONCLE MARTIN.

Ne vient pas du roi.

INESILLA.

Et de qui donc alors?

L'ONCLE MARTIN.

C'est de Vasquez.

INESILLA.

Quel soupçon !

L'ONCLE MARTIN.

Et par conséquent défions-nous de cette fête, comme de tout ce qui vient de lui.

INESILLA.

Vous me faites peur.

L'ONCLE MARTIN.

Je ne sais rien de plus, du reste. Je soupçonne, je crois voir, et ne dis rien. Or, vous aimez beaucoup votre maîtresse, n'est-ce pas?

INESILLA.

Si je l'aime!... Elle ne s'est jamais cachée d'Inesilla; elle est restée sa sœur de lait plutôt que sa maîtresse; elle ne s'est jamais entourée de pruderie et d'orgueil, comme font tant d'autres femmes, mais elle m'a montré de tout temps une vive et singulière tristesse du haut rang où sa naissance l'avait placée. Son cœur est franc comme l'or. Son âme est fière comme son sang. Et je ne lui ai jamais reconnu de mensonge. Aussi, elle est bien plus qu'une sœur pour moi, c'est mon idole.

L'ONCLE MARTIN.

C'est comme moi, j'aurais encore aimé Philippe II, sans son Vasquez. Il n'y avait que moi et Perez, j'ose m'en vanter, qui sût amener un sourire sur ses lèvres, et même quelque bonhomie sur son front toujours préoccupé.

Mais, hélas! tout ceci m'inquiète; le roi est jaloux, et Vasquez ne l'entretient que de noirs projets et de soupçons; le Matheo n'a suspendu l'auto-da-fé de Carreguy que pour nous préparer quelque machination nouvelle, quelque piége, quelque surprise terrible. On peut m'en croire, je n'ai jamais vu le roi plus sombre et plus glacial que le jour où son fils, don Carlos, a péri par ses ordres et presque par ses soins.

INESILLA.

L'Escurial en est encore épouvanté.

L'ONCLE MARTIN.

Si vous aimez madame d'Eboli, vous allez m'aider à surveiller de près cette fête. Du reste, il n'y a rien de pareil au fou du roi pour fouiller au fond de la conscience affreuse d'un Vasquez et pour la retourner subtilement aux yeux ébahis de l'hypocrite lui-même et de la foule. Je lui ai déjà appliqué quelques vives égratignures qui lui cuisent encore; mais il veut prendre à tout prix ma place auprès de Philippe, et je ne le tiens pas quitte de ma marotte. J'ai déjà fait rire celui-ci plus d'une fois de la lutte de ses deux fous. — A propos, n'oublions pas, en attendant, de remplir gaiement le rôle que vous m'avez donné.

INESILLA.

Je suis devenue moins triste depuis que vous êtes ici. Bien unis, il nous sera peut-être facile de déjouer Vasquez, et d'ailleurs vous allez être aussi du festin, puisque le roi y va venir.

L'ONCLE MARTIN.

J'y aurais été quand même. C'est un besoin pour moi d'étudier jusque dans les replis de son âme cet homme sinistre... et peut-être aussi un peu Escovedo.

INESILLA.

Vous êtes un méchant.

L'ONCLE MARTIN.

Je me suis échappé avec délices du cortége royal. Ah! Escovedo, Escovedo, je ris en disant que je suis jaloux de toi, je ne le suis point; tout ce qui me rapproche d'Inesilla est mon bonheur ; j'ai mon âme remplie de la délicatesse charmante d'Inesilla entre ses deux prétendants.

INESILLA, rougissant un peu.

Que voulez-vous donc dire ?

L'ONCLE MARTIN.

Ne vous en défendez pas. Je vous en sais gré, certes. Je vous en remercie vivement. Je n'ai jamais été si heureux de toute ma vie.

INESILLA.

Mon Dieu, mon Dieu, que voulez-vous donc dire ?

L'ONCLE MARTIN.

Moi, rien. Je suis tout bonnement ivre de joie. Je suis un pauvre fou de roi, c'est-à-dire le jouet de ce monde brillant qui passe devant moi avec une rapidité comique, et ma joie est à son comble.

(Inesilla est tirée tout à coup de cette rêverie par un bruit de pas mystérieux qui vient des appartements intérieurs de madame d'Eboli. Un soupçon s'empare d'elle. Elle se retire un moment au fond de la salle avec anxiété, et aperçoit dans l'ombre Antonio Perez.)

INESILLA, à part.

Je ne m'étais pas trompée. J'avais cru entendre des pas mystérieux venus du passage secret connu de moi seule et d'Antonio Perez. C'est lui.

L'ONCLE MARTIN, vivement surpris.

Qu'avez-vous donc, Inesilla ?

INESILLA.

Sortons d'ici.

L'ONCLE MARTIN.

Et pourquoi donc ?

INESILLA.

Sortons vite, venez.

L'ONCLE MARTIN.

Alors, vous vous défiez de moi, Inesilla.

INESILLA.

Oh ! non, non, mais venez.

(L'oncle Martin, poussé par un besoin de tout savoir qu'il ne peut retenir, court au fond de la salle comme a fait Inesilla, et reconnaît Antonio Perez, à demi caché sous les draperies, et qui ne l'aperçoit pas, tant il est agité par mille pensées.)

L'ONCLE MARTIN.

Antonio Perez !

INESILLA.

Bon ! il l'a vu. Ce n'était pas assez d'Escovedo.

L'ONCLE MARTIN.

Voyons, ne me cachez plus rien ; dites-moi tout sans crainte. Je ne suis pas un ennemi.

INESILLA, un doigt sur ses lèvres.

Silence !

L'ONCLE MARTIN.

Il suffit. Je comprends tout maintenant. Je commence à voir plus clair dans l'influence de Vasquez sur le roi Philippe II. Je commence à le craindre un peu plus.

INESILLA.

Ah ! croyez-moi, ce n'est pas l'amour qui l'amène ici. Ils ne sont pas heureux comme nous. Ils ne se recherchent pas comme nous avec bonheur. Sauvons-nous vite. Il ne nous a point vus. Courons où l'on a besoin de nous.

SCÈNE II.

ANTONIO PEREZ, resté seul, s'avançant en scène lentement.

Je n'ai pas pu voir don Sanche Carreguy. — On a bien voulu surseoir à son exécution, chose inouïe de la part de Philippe II, mais on le retient prisonnnier dans ce palais jusqu'après l'accomplissement de la clause horrible et fatale. Certes, je ne pouvais pas manquer de venir à cette fête. Voilà l'invitation de madame d'Eboli. Et voici un nouveau billet du roi lui-même qui m'invite expressément au festin qu'elle prépare, et qui fixe l'heure où nous sommes pour y venir.

J'aurais donné une fortune pour revoir don Sanche dans l'état de trouble où je suis. On l'a dit avec raison : il faut que le roi Philippe II ait eu bien peur à la bataille de Saint-Quentin, où était Coligny, pour faire vœu à saint Laurent de lui ériger ce terrible Escurial, qui sert en même temps de palais au roi, de prison à ses victimes, de séjour à ses maîtresses, et de place aux nombreux auto-da-fés hérétiques. Je me suis laissé dire, en effet, qu'un soldat basque l'a vu trembler à cette bataille, et qu'il lui a sauvé la vie, mais que cet homme n'a plus reparu depuis sur la terre. O fatalité! tout est renfermé à la fois pour moi dans cet Escurial, et je redoute son séjour comme l'antre du Sphynx. Je ne sais plus quel Dieu y préside. On n'y vit plus de la vie ordinaire des humains. Je vas et viens dans ce rêve étrange du pouvoir emprunté que j'occupe ici pour un jour, comme si j'étais un éperdu. Je ne puis rien par moi-même, rien par ma volonté, et je me heurte à tous les coins de mon impuissance fatale. Tous mes devoirs se sont obscurcis dans mon cœur et se sont tus. Je ne connais plus que l'esprit funeste des cours. Je ne respire qu'au milieu d'elles. C'est mon élément propre ; c'est mon atmosphère. Et j'ai besoin de mon pouvoir, tout impuissant qu'il est ; j'y tiens, j'y vis comme attaché de toutes mes forces; je suis rivé au poteau d'airain de l'opinion publique sur lequel tous les yeux du monde sont tournés, — mais qu'importe !

Et par conséquent, je n'abandonnerai point le timon, quoi qu'il m'en puisse coûter. Il faut que je dompte mes ennemis. Je sens, d'ailleurs, que quelque chose de grand s'attache à mon nom : ce n'est pas mon amour-propre qui s'aveugle, c'est l'honneur du règne que je poursuis, c'est une œuvre impérieuse et profondément conçue qui nous vient de Charles-Quint lui-même, et qui est le salut de l'Espagne, son avenir, sa gloire, sa vie, — et non pas le sombre anéantissement où Vasquez nous précipite. Rien ne peut remplacer au monde cette pensée. Il n'y a que moi, du reste, qui ai trouvé le cœur du roi, et qui l'ai adouci. Cet homme, sans moi, ne serait pas heureux. Il m'a aimé, j'en suis sûr. Il m'aime encore. Je suis celui qui empêcherai la politique cruelle d'absorber ce qui reste d'humain dans son cœur, et de le rendre un mythe odieux dans l'histoire, une énigme indéchiffrable, un malheur pour lui et pour sa race, pour sa race impuissante qui disparaîtra du monde après quelques années rapides et précipitées.

Mon orgueil est enfin dissipé. Je vaux déjà mieux que je ne valais, et je vaudrai toujours mieux à chaque pas nouveau qui me reste à faire. J'accepte en sacrifice l'arrêt sévère de madame d'Eboli qui me renvoie à ma naissance illégitime, mais qui chasse en même temps le roi de son lit, afin de nous rendre tous à une vie meilleure et nouvelle. Je veux désormais rappeler en moi tous mes devoirs. Je n'en oublierai pas un. Rien ne m'empêche même de revoir bientôt auprès de moi ma femme et mes enfants. Oublions donc nos vengeances pour redevenir vertueux. J'ai trompé un peu le roi, mais ce n'est rien : je ne lui ai pas rendu la moitié du mal qu'il m'a fait. Au surplus, il n'en saura jamais rien. — Il n'y a qu'Escovedo, peut-être, qui pourrait.... oh ! non, non, Escovedo ne me trahira point ; c'est un homme de haute naissance, un Espagnol de cœur, un soldat, un ami, et je sens par moi-même qu'il ne me trahira pas, moi qui n'appartiens pourtant qu'à demi à cette noblesse si fière, mais qui ai reçu dans mes veines tout l'orgueil de mon père, en y mêlant ce qu'il y avait d'humanité plébéienne dans le cœur de ma mère.

Ah ! j'aperçois Inesilla et l'oncle Martin qui reviennent. Ecartons-nous un peu. Comme ils ont l'air heureux d'être ensemble !

(Il se retire jusqu'au fond du théâtre dans le coin le plus obscur de la salle immense, pendant qu'Inesilla et l'oncle Martin vont et viennent au milieu des serviteurs de madame d'Eboli qui achèvent les préparatifs de la fête. L'oncle Martin préside à tout avec pétulance et gaieté. En un clin-d'œil tout est prêt.)

SCÈNE III.

ANTONIO PEREZ, hors de la vue des serviteurs, INESILLA, L'ONCLE MARTIN, SERVITEURS DE MADAME D'EBOLI.

L'ONCLE MARTIN, arrivant avec les serviteurs qui apportent une table immense et toute chargée.

C'est ici, mes amis, que vous allez placer cette table, de manière à ce que les serviteurs puissent aller et venir autour des convives. — (Mais tout à coup il vient auprès d'Inesilla, et il lui dit à voix basse) : Voulez-vous, Inesilla, que je reproduise aux yeux de vos serviteurs les paroles, les gestes et même les traits d'un certain majordome du palais, personnage pompeux et imbécile, que vous connaissez tous ? ils redoubleront d'activité.

INESILLA.

Je le veux bien.

(Aussitôt, l'oncle Martin change de ton avec une prestesse merveilleuse ; il enfle sa voix d'une façon burlesque, il se campe fièrement et se gonfle d'importance en gourmandant tour-à-tour chacun des serviteurs. Ceux-ci ont reconnu à l'instant même la caricature du majordome, et ils éclatent de rire, en redoublant d'ardeur à l'ouvrage. Inesilla fait comme eux.)

L'ONCLE MARTIN, contrefaisant le majordome.

Allons donc, vous autres, mettez ces candélabres à chaque bout de la table, et placez les deux plus riches au milieu, de chaque côté du roi ; car il faut que vous sachiez, ignorants que vous êtes, que le roi assistera au festin. Vous, appliquez ces tentures aux piliers, avec grandeur, avec magnificence. Et quant à vous, faquins, chargez cette table des riches vaisselles d'argent de madame d'Eboli, des coupes d'or ciselées et des verres de Bohême. Apportez nous ici toutes les richesses de l'Espagne. Ah ! n'oublions pas surtout le brasero national. — Comme ils me regardent, Inesilla, comme ils agissent ! — Voilà précisément comment il faut parler à ces gens-là pour en être écouté. La belle chose que d'avoir été fait intendant de madame d'Eboli par Inesilla, si l'on ne prenait les grands airs d'intendant qui imposent. Un benêt d'honnête homme serait montré du doigt par eux comme un imbécile.

(Un des serviteurs, plus hardi que les autres, s'approche de l'intendant improvisé avec des faux airs de respect narquois.)

UN SERVITEUR.

Notre ouvrage a été promptement terminé, donnez-nous quelques écus d'or pour boire à votre santé, Monseigneur.

L'ONCLE MARTIN, reprenant son ton naturel.

Des écus d'or ! ô mes amis, je ne suis pas assez riche pour vous donner des écus d'or, mais j'ai bien encore quelques petites pièces d'argent au fond de ma bourse ; tenez, les voilà ; buvez à la santé du roi.

INESILLA.

Les voilà gais et contents ; je n'aurais jamais pu choisir un intendant mieux écouté.

L'ONCLE MARTIN.

Ah ! pardon, je me délasse auprès de vous des tristesses que j'avais apportées avec moi, mais nous n'avons pas fini. Courez, mes amis, courez maintenant aux caves de l'Escurial, tirez les fûts de leur prison, éventrez les plus vieux, afin que la gaîté règne une bonne fois dans ce palais où l'on n'a jamais su rire. Noyons, nous autres, les hérétiques dans le vin. Rendons le roi gai comme nous. Grisons même Vasquez. Allez, soyez prompts, servez frais, et ne cassez rien surtout ; le vin répandu sur terre y répand la tristesse avec lui.

Et maintenant, Inesilla, comment allons-nous placer nos convives? Voulez-vous que je vous donne un conseil? on me disait l'autre jour que nos bourgeois enrichis avaient admis avec enthousiasme une mode nouvelle, bien plus raffinée que la nôtre.

INESILLA, riant.

Et en quoi donc consiste cette mode nouvelle?

L'ONCLE MARTIN.

« On met toutes les dames d'un côté et les cavaliers de l'autre. »

INESILLA, éclatant de rire.

C'est-à-dire, en pénitence mutuelle. En fait de mode, je n'en connais qu'une, et c'est la nôtre, la bonne vieille mode espagnole, qui est encore la meilleure. Elle est surtout plus galante.

L'ONCLE MARTIN.

Alors, nous placerons le roi ici.

INESILLA.

Oui, mon oncle.

L'ONCLE MARTIN.

Et madame d'Éboli à sa droite.

INESILLA.

Non pas, mais en face de lui.

L'ONCLE MARTIN.

Et Antonio Perez, où le mettrez-vous? auprès d'elle?

(Vif mouvement de Perez, quand il les entend prononcer son nom.)

INESILLA.

O méchant que vous êtes, taisez-vous.

L'ONCLE MARTIN.

Escovedo, alors?

INESILLA.

Non.

L'ONCLE MARTIN.

Eh bien, qui donc?

INESILLA.

Vasquez.

L'ONCLE MARTIN.

Vasquez! oh! l'affreux Vasquez à côté de madame d'Eboli!

INESILLA.

Oui, mon cher oncle, le farouche Aman à côté d'Esther, et Esther en face d'Assuérus.

L'ONCLE MARTIN.

Je comprends.

INESILLA.

Je sais que don Matheo redoute madame d'Eboli comme le feu. Vous ne croiriez pas qu'il a essayé plusieurs fois de se rapprocher de ma maîtresse pour tirer parti de l'amour que le roi a pour elle, amour étrange et que rien ne rebute, amour ardent, incurable, invincible. Matheo la craint, la flatte et adore jusqu'à ses moindres paroles. — Nous mettrons ensuite Antonio Perez à la droite du roi, et Escovedo à sa gauche. Ce sont deux amis. Ce sont de gais convives. Ils charmeront le roi et le festin. — Aussi, j'attends tout de cette fête; hâtons-nous.

L'ONCLE MARTIN.

Inesilla, je serais encore bien plus prompt à vous seconder, si vous donniez votre main à baiser à ce pauvre fou, votre belle petite main qu'il embrasserait avec délices.

INESILLA.

Oh ! mon Dieu, tenez, la voilà. Mais dépêchez. On nous voit. Et ma maîtresse va revenir.

(Elle s'enfuit, et l'oncle Martin la suit un peu en arrière en ruminant son bonheur.)

L'ONCLE MARTIN.

O ravissement ! elle a dans sa vivacité une délicatesse qui me charme tous les jours davantage. Oh ! non, je ne suis plus jaloux d'Escovedo ; j'ai mille témoins dans mon cœur qui me disent qu'elle n'eût pas accordé ce baiser à Escovedo. La voilà envolée comme un oiseau. Courons vite.

SCÈNE IV.

ANTONIO PEREZ, redevenu seul.

Comme ils sont heureux ! et moi, depuis ce matin, je n'ai plus ni repos ni trêve; je ne sais quelles pensées importunes me poursuivent. — En vérité, don Sanche Carreguy me cause bien du mal. Quel homme ! je crains bien qu'il n'ait couru de lui-même au-devant des piéges que Philippe II et Vasquez lui ont tendus, afin d'arriver jusqu'à moi, au risque d'y laisser la vie. Sa vertu sombre me gêne : sa pauvreté qu'il porte avec orgueil ; son nom répandu partout, béni, invoqué, respecté ; son autorité même sur nos tribus plus grande que celle du roi, et nos Fueros qu'il défend comme un lion; sa probité, sa justice, sont autant de remords pour moi et d'aiguillons qui ne me laissent pas un moment de tranquillité. Aragonais tous deux, moi traître et lui fidèle à sa patrie, cet homme a été de tout temps mon ennemi le plus implacable et mon ami le plus profond. Si je tombais du pouvoir, je le trouvais toujours prêt à me tendre la main. Mais si j'y remonte, je le redoute comme un Dieu. Et par une conséquence véritablement touchante et fatale, c'est dans sa maison que j'ai été choisir ma femme.... ma femme, hélas ! que j'ai forcée à me quitter avec nos enfants pour retourner dans sa famille, à cause de mes déportements et de mes injustices. O terreur ! ô situation redoutable ! oh ! pourquoi n'ai-je pas pu voir don Sanche Carreguy avant de venir à ce festin !

Il fallait donc bien absolument que j'y vinsse, à cette fête ! J'y étais invité naturellement par madame d'Eboli. Et d'un autre côté, j'en ai reçu l'avis du roi par une lettre flatteuse qui m'invite à y venir... un peu longtemps avant les autres conviés, à ce qu'il me semble. Mais n'importe ! je suis accouru avec joie chez madame d'Eboli, en pensant que je retrouverais auprès d'elle mon génie inquiet que je ne reconnais plus. Je n'ose pas rester seul un moment avec cette invention infernale de Vasquez : « Sauver Carreguy avec le sang d'Escovedo. » Oh ! c'est bien lui, ce Vasquez, c'est lui seul qui a mis cette pensée dangereuse dans l'âme du roi ; il ne se repaît que de ruses et de sang ; et cette idée affreuse ne sortira plus de son cerveau qu'il ne l'ait accomplie.

O mon Dieu, mon Dieu, pourquoi mon ambition m'a-t-elle emporté si loin de mon Aragon et des devoirs sacrés que j'y avais contractés ! Et pourquoi faut-il aussi que don Sanche soit venu chercher la mort au milieu de nous, trop prompt, hélas ! à courir aux dangers qu'on aura su lui offrir ! Je ne sais plus à qui recourir dans mes perplexités. Je n'entends plus au fond de mon cœur le juge intérieur qui nous avertit. Ma conscience est morte. Et je me trouve abandonné sans frein et sans recours aux mauvaises pensées qui m'entraînent vers l'abîme. Oserais-je le dire! dans mon trouble funeste, j'étais devenu tout-à-l'heure comme un peu fou, je m'étais muni de poison pour venir à cette fête.... (Il montre ce poison.) Et pourquoi faire ? je le demande. Mieux que cela ! moi, gentilhomme, j'ai osé choisir, pour venir à cette fête, une épée de combat d'un acier plus fin et plus longue — de cela — que les épées de ville dont nous nous servons tous les jours, et j'en ai fait aiguiser la pointe.

Oh ! qui donc me sauvera de ces pensées funestes ! c'est

comme l'enfer ; une fois qu'on y est entré, on n'en peut plus sortir.

(Arrive Escovedo avec une pétulance de bonne humeur qui contraste vivement avec les préoccupations de Perez.)

SCÈNE V.

ANTONIO PEREZ, ESCOVEDO.

ESCOVEDO.

Me voici.

PEREZ, violemment saisi de voir Escovedo.

Vous, Escovedo !

ESCOVEDO.

On ne m'a jamais vu en retard d'une seconde à un rendez-vous d'amour ou d'épée, soit même à un festin.

PEREZ, à demi suffoqué d'étonnement et de terreur.

Vous, Escovedo, vous ici !

ESCOVEDO.

Vous le voyez ; on m'a donné rendez-vous à cette fête comme à vous, Antonio. — Mais un peu avant le festin, à ce qu'il paraît.

PEREZ, à part.

O mon Dieu, rendez à notre amitié toute sa vivacité d'autrefois et tout son charme.

ESCOVEDO.

Je ne vous trouve pas aujourd'hui l'empressement et la gaieté que vous aviez avec moi tous les jours, Antonio. Et cependant nous devons nous réjouir tous deux, et bien vivement, au contraire, de cette rencontre inattendue où nous allons pouvoir nous parler avec une entière franchise. J'aurai quelque chose à vous dire qui est assez important. Je voudrais bien avoir le droit de vous remercier en même temps pour une autre chose que je sais, et que je ne puis pas vous révéler. Mais il faudra aussi que je vous gronde.

Cette fête arrive enfin bien à propos pour mes affaires. Je me réjouis d'y rencontrer le roi, — cela est marqué sur mon invitation, — afin de m'ouvrir à lui devant toute la cour comme envoyé de son frère. Je ne suis qu'un soldat, mais j'ai toujours vu qu'un bon coup de vin prépare aux dispositions généreuses. Nous y pousserons tous deux bravement ; et il faudra bien que l'Escurial se dévoile au grand jour dans cette question d'honneur et d'amitié entre les deux frères, question de mort pour don Juan, si je ne réussis pas. — Mais, en attendant, je suis forcé de vous avouer que je meurs de soif. Je viens de m'acquitter à l'instant même d'une petite correction que je devais à mon cousin Vasquez. C'est dommage que la scène ait tourné un peu vite du burlesque au tragi-comique. Vous ne croiriez jamais ce que je vais vous dire, Antonio : mon cousin a une garde, et, Dieu me pardonne, je lui ai senti, avec la pointe de mon épée, une cuirasse cachée sous son pourpoint, comme si c'était le duc de Guise en personne, voulant détrôner Henri III, le dernier des Valois. Nous nous sommes donc appointés tout de bon, quand tout à coup, à un signal donné, je vois accourir sur moi de toutes parts une nuée d'alguazils. Je n'étais pas en colère, heureusement pour lui, et je voulais seulement lui infliger une correction ; sans cela, au milieu de ses gardes, il eût rendu son âme à Satan, qui n'en saurait que faire. Il l'a reçue, cette correction ; je ne sais même pas trop s'il pourra venir au banquet ; mais il la méritait plus complète. Après quoi, je me suis élancé au travers de ses alguazils, me faisant jour avec l'épée, et j'en ai laissé par terre deux ou trois, afin de ne pas arriver trop tard à ce rendez-vous de fête que le roi Philippe nous a donné chez madame d'Eboli.

Or, madame d'Eboli n'y est pas, m'a-t-on dit. Célébrons, en attendant son retour, célébrons mon trop facile triomphe.

Buvons un verre de Xérès ensemble pour me consoler de mon Vasquez mal corrigé. Vive Dieu ! je meurs de soif. Inesilla ?

(Il prend un verre sur la table et le carillonne vivement. Inesilla accourt, l'oncle Martin aussi, mais il se montre à peine sur le seuil. On voit qu'il suit tout ce qui se passe dans le palais avec une furtive curiosité.)

SCÈNE VI.

LES PRÉCÉDENTS, INESILLA, L'ONCLE MARTIN.

INESILLA, arrivant gaiement.

Messeigneurs, que voulez-vous ?

ESCOVEDO.

Du vin, Inesilla, je vous prie, si vous voulez bien être notre échanson.

INESILLA.

Volontiers. J'y cours.

(Un moment après qu'Inesilla a disparu comme un éclair, on voit arriver d'un autre côté madame d'Eboli, qui revient de chez le roi avec tous les signes de la tristesse empreints sur son visage. — Inesilla reparaît bientôt avec du vin, et le sert à Escovedo et à Perez. — Elle demeure stupéfaite, en revoyant madame d'Eboli si pâle et si triste.)

SCÈNE VII.

ANTONIO PEREZ, ESCOVEDO, MADAME D'EBOLI, INESILLA, allant et venant; **L'ONCLE MARTIN,** de même.

MADAME D'EBOLI.

Nous n'avons plus d'espoir à conserver, Messieurs. Je vous apporte une mauvaise nouvelle : le roi ne viendra point à cette fête.

PEREZ, tout interdit.

Le roi, dites-vous, ne viendra point à cette fête !

MADAME D'EBOLI.

Non, Messieurs.

PEREZ.

O malheur ! malheur !

ESCOVEDO.

Et cependant cette lettre du roi lui-même qui m'invite à ce banquet, me dit expressément qu'il doit y venir.

L'ONCLE MARTIN, à part.

Ecoutons de plus près. Je crains qu'il n'y ait du Vasquez là-dessous.

MADAME D'EBOLI.

Le roi m'a reçu avec le même empressement visible; mais j'ai été bien surprise, quand il m'a priée de l'excuser auprès des personnes invitées, en me disant qu'il ne pouvait pas assister au banquet qu'il m'a lui-même chargée de donner à toute sa cour. Je ne l'ai jamais vu si préoccupé, et je n'ai jamais été si troublée. On aurait dit qu'il tremblait de tous ses membres en m'entendant parler, en me voyant. Une sueur glacée couvrait son front. J'ai redoublé néanmoins d'instances et de prières auprès de lui, mais vainement. Oh ! alors, rien ne m'a plus retenue, Messieurs, je voyais bien que tout était perdu ; je me suis précipitée à ses pieds, en le suppliant de ne pas souiller du moins cette fête avec du sang, et en lui demandant la grâce entière de don Sanche Carreguy.... A ce nom, ô terreur ! je ne sais quelle rougeur a monté à son visage, aussitôt effacée par une pâleur mortelle. Ses regards se sont fixés sur moi avec une sorte d'horreur. Ses lèvres blêmes et crispées sont restées sans réponse. Il a disparu, en me laissant à genoux, demi-morte de désespoir. — Ah ! c'en est fait, Messieurs, nous ne pouvons plus éviter le malheur qui nous menace. On a eu beau surseoir à l'auto-da-fé de Carreguy. Son exécution n'en sera que plus certaine et plus prompte. L'innocent va périr.

ESCOVEDO, avec une tristesse profonde.

Et c'est véritablement de Carreguy que vous parlez, Madame ?

MADAME D'EBOLI.

Vous le savez bien, Escovedo.

ESCOVEDO.

Oui, je le sais ; mais de quoi donc l'accuse-t-on, grand Dieu ?

MADAME D'EBOLI.

On vous l'a dit ; de complicité avec vous.

ESCOVEDO.

Avec nous ! Et de quoi donc, ô mon Dieu, pourrait-il être complice avec nous ? Cet homme ne nous ressemble en rien, et il n'a jamais pris part à nos pactes, à nos ambitions. Il s'est écarté avec soin de nos intérêts violents, insatiables. Il est d'une autre race que nous ; il est d'un autre temps et surtout d'autres mœurs. Il agit, certes, oh ! il agit plus que nous, mais il s'est renfermé dans son Aragon avec tout son peuple, et il ne voudrait pas lui donner un don Juan pour complice ou pour maître. C'est un homme étrange, dit-on, qui est aimé de toute l'Espagne, quoiqu'il ne se soit signalé par aucun fait de guerre éclatant. Et moi aussi, j'aime cet homme. — Ah ! moi, à la bonne heure, qu'un Vasquez voulût me tuer, cela ne m'étonnerait pas; mais un Carreguy! et pour complicité avec nous! c'est plus qu'une injustice.

MADAME D'EBOLI, avec une douloureuse ironie.

Vous oubliez qu'ils l'accusent aussi d'hérésie.

ESCOVEDO.

D'hérésie! ah! oui : ce trait-là doit venir de mon cousin Vasquez. D'hérésie! oh bien! alors je suis plus qu'un hérétique, moi, au compte de Vasquez, et je suis dévoué comme lui à ses auto-da-fés. — A tous les diables, ce Vasquez! — J'aperçois Inesilla qui nous attend; venez, Antonio, buvons ensemble un verre de vin d'Espagne au salut de votre ami.

PEREZ, s'éveillant comme en sursaut.

A son salut!

(Ils choquent leurs verres et boivent.)

ESCOVEDO.

Pardonnez, Madame, à un soldat; mais je donnerais mon sang pour Carreguy. Eh pardieu! un homme comme vous, Antonio, et un homme comme moi, viendront toujours à bout d'un Vasquez. Nous sauverons votre ami.

PEREZ.

Oui, à son salut!

(Ils choquent de nouveau leurs verres.)

ESCOVEDO.

Et pourtant, don Antonio, je ne suis pas content de vous.

PEREZ.

De moi, Escovedo, et pourquoi donc?

ESCOVEDO.

Vasquez, pendant que je le corrigeais, Vasquez m'a dit tout à l'heure qu'il fallait surtout m'en prendre à vous, si je n'avais pas réussi dans ma mission. Cela n'est pas bien, Antonio. Vous correspondiez avec nous, et vous nous souteniez vivement dans vos lettres, tandis que dans les Conseils du roi....

PEREZ.

Escovedo !

ESCOVEDO.

Vous nous....

PEREZ.

Don Juan Escovedo !

MADAME D'EBOLI, se jètant entre eux.

Oh ! Messieurs, Messieurs.

(Arrive un page.)

SCÈNE VIII.

LES PRÉCÉDENTS, UN PAGE.

UN PAGE.

On m'a chargé d'apporter cette lettre à don Antonio Perez chez madame la princesse d'Eboli.

PEREZ.

Qui ?

LE PAGE.

Un inconnu.

PEREZ.

Donne. Y a-t-il une réponse ?

LE PAGE.

Il n'y a pas de réponse.

(Il sort.)

SCÈNE IX.

LES PRÉCÉDENTS, moins le page.

PEREZ, lisant.

« Un ami sûr vous prévient qu'Escovedo vous a surpris » ce matin dans un rendez-vous d'amour avec madame » d'Eboli ; qu'Escovedo vous en veut, parce que vous n'a- » vez point appuyé dans le Conseil tous les projets de son » maître ; et qu'il se vengera de vous, en vous dénonçant au » roi. »

Eh bien !...

(S'écrie Perez, transporté de rage et d'indignation ; mais il s'arrête en proie à une agitation si terrible, qu'il tire et prend dans ses mains le poison dont il a parlé, et qu'il s'approche de la table où sont le verre d'Escovedo et le sien, en affectant l'indifférence. On le voit étendre la main au-dessus du verre d'Escovedo pour y jeter la poudre empoisonnée, quand il aperçoit tout à coup en face de lui l'oncle Martin, ce pauvre fou, qui suit tous ses mouvements avec inquiétude, et qui met un doigt sur ses lèvres, comme pour l'avertir de ne pas commettre un pareil crime. A cette vue, Perez jette le poison loin de lui avec horreur.)

Eh bien ! reproche pour reproche, Escovedo, mets l'épée à la main et défends-toi, et si je ne t'ai pas trahi auprès du roi comme tu m'en accuses, ne sois pas à ton tour un lâche accusateur. Ne luttons donc pas en lâches, mais en soldats. Dégaîne au soleil.

(Escovedo a mis promptement l'épée à la main. Madame d'Eboli a voulu en vain le retenir. Inesilla aussi. Il fond sur Perez. Ils se battent comme deux lions. Escovedo tombe et meurt.)

ESCOVEDO.

Je suis mort. Don Juan est perdu. O don Juan, don Juan,

de quelle mort inconnue vas-tu finir! Inesilla, faites qu'on m'enterre comme un catholique.

(En voyant Escovedo mort, Antonio Perez regarde avec effroi son épée rouge de sang; il la rejette épouvanté et tombe à genoux près du cadavre en fondant en larmes. Inesilla s'approche de lui, et, posant une main sur son épaule, elle lui dit à voix basse avec l'accent de la plus vive douleur :)

INESILLA.

Assassin! assassin! vous avez tué votre meilleur ami. Escovedo ne vous avait point trahi.

(L'oncle Martin montre à Inesilla la douleur d'Antonio Perez et de madame d'Eboli, et ils s'agenouillent en larmes auprès du cadavre d'Escovedo. — On entend tout à coup un bruit d'armes au dehors. — C'est Vasquez qui arrive en toute hâte dans une chaise à porteurs, comme s'il flairait le meurtre d'Escovedo : il a la poitrine bandée, le bras droit en écharpe, la voix dolente et la pâleur au visage; mais on devine bien vite, sous cette pâleur, toute la joie insensée qu'il éprouve en voyant que Perez a tué Escovedo. Une nuée d'alguazils entre à sa suite.)

SCÈNE X.

LES PRÉCÉDENTS, MATHEO VASQUEZ ET SA SUITE.

VASQUEZ.

Assassin d'Escovedo, je vous arrête au nom du roi. Soldats, gardez toutes les issues. (A cette voix si connue, si étrange et si terrible en ce moment, Antonio Perez se lève lentement d'auprès du cadavre d'Escovedo, marche droit à Vasquez avec une terreur indescriptible, et ne trouve pas un mot à répliquer. Vasquez, à part, avec satisfaction :) Tout s'est passé comme nous l'avions prévu. Je puis maintenant punir Antonio Perez d'avoir aimé madame d'Eboli, sans qu'on y voie la main du roi ni la mienne. — (Haut.) Quant à vous, Madame d'Eboli, je vous demande bien pardon de troubler ainsi une fête où je me rendais moi-même sur votre invitation. Je ne m'attendais pas à remplir aujourd'hui, dans ces lieux surtout, mes fonctions de juge.

MADAME D'EBOLI.

Dites plutôt d'un vengeur. Mais, prenez-y garde, Monsieur, je vous avertis que don Antonio Perez pourra bien avoir des complices qui vous embarrasseront beaucoup.

VASQUEZ, étonné, terrifié.

Que voulez-vous dire, Madame ? Est-ce une menace que vous me faites ? Et prétendriez-vous entraver la justice du roi ? Sachez donc que rien ne m'arrêtera dans la vengeance de mon parent Escovedo, et que je poursuivrai les complices d'un tel meurtre..... même jusqu'à vous, Madame, si vous l'étiez. — Et maintenant qu'on aille mettre don Sanche Carreguy en liberté, qu'on l'amène ici. — Vous voyez, don Antonio, que nous vous tenons parole. Au revoir.

SCÈNE XI.

LES PRÉCÉDENTS moins Vasquez.

ANTONIO PEREZ.

Assassin ! voilà le premier mot qui m'a frappé après la mort d'Escovedo, et qui m'a fait comprendre en effet que j'étais un meurtrier. Oui, c'est le crime qui a conduit ma main. Oui, on m'avait ordonné de tuer Escovedo, et j'avais préparé à l'avance le poison et l'épée ; je suis un meurtrier.

SCÈNE XII.

LES PRÉCÉDENTS, DON SANCHE CARREGUY.

DON SANCHE CARREGUY.

Me voilà libre. — Mais, hélas ! la première chose que je trouve au bout de ma liberté, c'est un cadavre. — Quel spectacle, grand Dieu, s'offre devant moi ! Pourquoi ces soldats que l'on a mis partout ? Quel crime a donc été commis ? Quel est le prisonnier ? Est-ce vous, Antonio ?... Tout le monde se tait autour de moi : je commence à prévoir qu'un grand malheur est arrivé. Je ne comprends rien à mon emprisonnement, et rien à ma liberté. Je n'ai pas encore deviné pourquoi Philippe et Vasquez m'ont arraché de l'Aragon pour m'enfermer dans leur Escurial, et je ne sais pas non plus par quels moyens j'en suis sorti. Les ruses d'un Vasquez sont profondes comme l'enfer. Tout cela m'inquiète et m'attriste, Antonio. Hélas ! je n'ai jamais connu que deux choses au monde qui aient eu quelque prix à mes yeux : l'une, c'est la pauvreté laborieuse telle que l'ont pratiquée nos ancêtres, en l'élevant jusqu'à l'héroïsme ; l'autre, c'est la famille, que Dieu nous a donnée dans sa bénédiction pour nous ramener à nos devoirs et nous purifier de toutes nos fautes.

Je suis donc libre. Ecoutez, Antonio, je retourne en Aragon, je vais revoir votre femme et vos enfants ; que faudra-t-il que je leur dise ?

PEREZ.

Dites-leur que j'ai assassiné mon ami Escovedo et que je suis le prisonnier de Vasquez.

CARREGUY.

Vous ! est-ce possible ! — A bientôt donc, Antonio.

FIN DU SECOND ACTE.

ACTE TROISIÈME.

(Une prison dans l'Escurial.)

SCÈNE PREMIÈRE.

ANTONIO PEREZ, LE GEÔLIER.

PEREZ.

Moi, prisonnier de Vasquez ! j'ai déjà eu bien des renversements de fortune, mais je ne saurais croire à celui-ci. Un esprit ténébreux comme celui de Vasquez ne triomphera point de moi. J'ai rendu trop de services à Philippe II, je lui ai trop complu, pour céder ma place au sot Vasquez. A cette idée seule, tout mon orgueil se révolte. — (Il se retourne vivement vers son geôlier.) Approche de moi, vieillard. Regarde-moi bien. Me connais-tu ?

LE GEÔLIER, sans avancer vers lui.

Oui, je vous connais. Vous êtes l'Aragonais Perez, fils naturel de Gonzalo Perez, qui fut longtemps secrétaire de Charles-Quint, et l'on a beaucoup parlé de vous depuis quelques années.

PEREZ.

Alors, puisque tu me connais si bien, tu as entendu dire en même temps que je suis généreux et riche, et tu vas m'aider à sortir d'ici. Tiens, voici tout ce que j'ai sur moi, prends cet or, c'est un à-compte.

LE GEÔLIER.

On ne repasse plus cette porte une fois qu'on l'a franchie.

PEREZ.

Tais-toi, vieillard morose, tu seras un faux prophète pour moi. Au contraire, mon espérance n'a jamais été plus vive, ma volonté plus forte. Je commence une nouvelle lutte plus sérieuse avec la fortune. Philippe II ne sait pas encore ce qui s'est passé ; ou bien, s'il le sait, c'est que son habileté profonde se joue un moment avec nos destinées, pour nous faire mieux sentir sa main qui est sur nous. Prends cet or, te dis-je, et touche cette main, ce n'est pas celle d'un menteur, ni celle d'un meurtrier.

LE GEÔLIER.

Gardez votre or. Je ne suis pas ce que vous croyez. Il y a quinze ans qu'on m'a remis les clés de cette prison, et depuis quinze ans la main d'aucun homme n'a touché la mienne.

PEREZ, frissonnant malgré lui.

Que me veut donc cet homme ? quel accent singulier ! quel ton !

LE GEÔLIER.

J'ai vu, mes clés à la main, bien des grandeurs renversées. La fortune ne m'a jamais charmé. Sa roue passe à tous moments devant ma porte, et je n'ouvre qu'à ses victimes.

PEREZ.

Qui es-tu donc, vieillard importun ? que me veux-tu ?

LE GEÔLIER.

Rien. Il y a longtemps déjà que j'entends parler de vous, et que je vous attends ici.

PEREZ.

Songes-tu bien à qui tu parles ? on dirait qu'il y a de la haine pour moi dans tes paroles.

LE GEÔLIER.

On ne hait pas un homme qui tombe de si haut, et qui ne se relèvera plus.

PEREZ.

Qu'oses-tu donc me dire là ? que me veux-tu, enfin ? quel écho fatal me fais-tu donc ?

LE GEÔLIER.

Seulement, je vous attendais plus tôt.

PEREZ.

O terreur ! ô mystère ! mais je ne te connais pas, moi, je ne t'ai jamais vu, et tu me parles comme si tu avais quelque vengeance particulière à exercer contre moi.

LE GEÔLIER.

Non. C'est vous qui m'avez interrogé, et je vous ai répondu. On ne sort jamais des cachots de l'Escurial. Il y a quinze ans, je vous le répète, que j'appartiens à cette nuit, et je n'ai vu rendre à la liberté qu'un seul de mes prisonniers.

PEREZ, épouvanté.

Un seul !

LE GEÔLIER.

Oui, un seul ; mais un juste, celui-là.

PEREZ.

Un seul, dites-vous, et un juste ! eh ! qui donc alors ce pourrait-il être, si ce n'est don Sanche Carreguy ?

LE GEÔLIER.

C'est lui-même.

PEREZ.

Lui !... oh ! oui, c'est un homme juste, celui-là.

LE GEÔLIER.

Je n'ai pas entendu un seul mot sortir de sa bouche en entrant ici. Son calme ne s'est pas démenti un moment. On aurait dit que son visage éclairait la nuit qui nous environne.

PEREZ.

Et c'est lui que je remplace ici ! ô ironie de la vertu ! ô

véritable justice! je commence à faire un retour sur moi-même qui me trouble jusqu'au fond du cœur. Ce nom m'attendrit. — Et d'où avez-vous connu cet homme, je vous prie ?

LE GEÔLIER.

Je ne l'ai vu qu'ici. Il y a longtemps, du reste, que sa renommée est venue jusqu'à nous, depuis qu'elle s'est levée sur l'Aragon et sur nos Pyrénées ; il a défendu sa patrie contre les envahissements éternels de Charles-Quint et de Philippe ; il en a raffermi les mœurs et les lois ; son âme tout entière et sa vivante énergie n'ont pas laissé pénétrer un souffle de l'avilissement étranger dans ces contrées, où la religion, la nationalité, la langue même, depuis deux mille ans et plus, se sont défendus contre l'Europe entière, et ont rejeté la corruption.

PEREZ, tout surpris.

O vieillard, vieillard, qui êtes-vous donc vous-même ? quelle émotion ? quel langage ?

LE GEÔLIER.

Ce que je suis ? Rien. Votre geôlier.

PEREZ.

Oh ! bien alors pourquoi m'as-tu parlé de don Sanche Carreguy ? Ferme sur moi toutes tes portes, et sois mon geôlier. Laisse-moi.

SCÈNE II.

ANTONIO PEREZ, seul.

Les paroles étranges de cet homme ont bouleversé mon esprit. En effet, il a raison. Vasquez triomphe. Vasquez l'emporte enfin sur moi dans l'esprit de Philippe II. Avec les conseils d'un Vasquez, le démon du midi va se déchaîner sur le monde entier, et il trouvera partout matière à ses fureurs. Il n'attendait que cette occasion pour éclater. Et déjà les mille vapeurs qui souillent la face obscure du monde s'agitent et s'allument. O terreur ! j'ai tué Escovedo, et Vasquez me tient dans ses fers. Il ne laissera plus rien transpirer de moi au-dehors. Il me fera tuer ou empoisonner dans ma prison. Je songe, en tremblant, à la puissance terrible au profit de laquelle j'ai travaillé si longtemps, et qu'il gouverne à son tour : ses alguazils vont et viennent autour de moi ; je les vois de tous les côtés, je les sens, je les touche. Oh ! Vasquez me tient bien dans ses mains absurdes et sinistres ; car si je lui échappais, ce serait sa ruine.

Et pourtant il n'est pas possible que Philippe II m'abandonne à cet homme. Non, c'est une épreuve qu'il fait sur moi, et il ne la poussera pas jusqu'au bout ; il y a dans tout ce qui se passe autour de moi, depuis ce matin, une complication si surprenante, une marche si rapide, que j'espère bien, avec le secours de madame d'Eboli, que mon pouvoir me sera bientôt rendu. — Grand Dieu ! j'ose encore parler de mon pouvoir, et j'ai tué mon ami. J'oublie que je n'ai plus droit à la société. Mon bonheur insolent et mes vices ont armé contre moi toutes les jalousies de l'Espagne, et Vasquez les résume toutes en lui seul. J'ai outré tout à plaisir. J'ai poussé à bout don Sanche Carreguy. Je n'ai pas même respecté la femme qu'il m'avait donnée : hélas ! la noblesse même de cette femme, la supériorité de son âme, la sainteté de ses mœurs, irritaient mon cœur altéré d'ambitions et de crimes : je l'ai abandonnée pour me livrer tout entier à mes perversités. Et voilà par quels moyens je suis arrivé au meurtre, en me précipitant moi-même de la haute fortune où j'étais monté. Je me suis mis au-dessous d'un Vasquez.

O crime véritablement insensé ! ô remords ! j'ai tué mon ami, parce qu'on m'a commandé ce meurtre, pour ainsi dire. Je l'ai provoqué et tué sans combat. O Escovedo, j'aurai ton image devant mes yeux tant que je vivrai. Je n'oublierai jamais ta généreuse surprise, ta blessure si prompte et mortelle, et ton sang qui a coulé sur mes mains, souvenir ineffaçable, éternel.

(On entend quelque bruit à la porte du cachot. Perez en a tressailli de terreur. C'est le geôlier qui montre à l'oncle Martin et à Inesilla l'endroit obscur où est Antonio Perez.)

SCÈNE III.

ANTONIO PEREZ, L'ONCLE MARTIN, INESILLA.

PEREZ, reculant jusqu'au fond du cachot avec une terreur farouche.

Que me voulez-vous? Qui êtes-vous? Pourquoi mon geôlier vous a-t-il laissé pénétrer jusqu'à moi? Laissez-moi à mes remords, à ma honte. J'ai horreur de moi-même et des autres.

L'ONCLE MARTIN, à Inesilla.

Vous voyez bien qu'il faut lui pardonner, Inesilla. Oh! croyez-moi, c'est un malheur qui lui est arrivé sans le vouloir. Ayez pitié de lui. Regardez.

PEREZ, attendri.

Qui es-tu donc, toi, dont la parole tremblante et douce me juge avec tant d'indulgence? Eh! c'est toi, pauvre fou, que j'ai tant de fois insulté, et qui viens à moi jusque dans mon cachot avec cette jeune fille de la maison d'Eboli.... Que me voulez-vous?

L'ONCLE MARTIN.

Vous voyez bien, Inesilla, qu'il faut que vous lui pardonniez ce crime involontaire.

PEREZ.

Oh! oui, pardonnez-moi. Voyons, dites-moi ce que je vous ai fait de mal, dites, parlez, pardonnez-moi tous deux.

— Mais toi, mon pauvre fou, que t'ai-je donc jamais fait de bien, dis-moi, pour que tu viennes jusque dans mon cachot reconnaître et adoucir ma tristesse? pourquoi es-tu venu jusqu'à moi? par quels secrets moyens y as-tu pénétré?

L'ONCLE MARTIN.

Moi, j'entre partout; je suis comme le génie familier de l'Escurial et de son maître; je les connais tous deux au bout du doigt, j'en sais tous les tours et les détours.

PEREZ.

Je ne saurais m'expliquer la part que je prends à tout ceci. Tu as une activité surprenante à me tirer de peine. Et même c'est toi, je l'avouerai, qui m'a empêché, par un signe, de commettre une action bien plus lâche encore que celle-ci, au moment où elle a passé comme un éclair dans mon esprit.

INESILLA, vivement émue.

Hélas! oui, je lui pardonne. Je vous crois maintenant. Je comprends tout.

PEREZ.

Vous me pardonnez, jeune fille! Je vous avais donc fait du mal sans le savoir. Je n'en ai rien su, je vous assure. Je ne l'ai pas voulu. — Oh! que vous ai-je donc fait à tous deux, mes amis, pour venir m'apporter une telle consolation au fond de mon abîme? Toi, dit-on, tu es le fou du roi: tu es, au contraire, le plus sensé des hommes; ton cœur te conduit et t'éclaire de lueurs inconnues beaucoup plus sûres que les clartés de notre esprit. — Et par conséquent, tu n'es pas un traître, toi. — Ecoute, alors. Ta généreuse démarche m'inspire une idée qui ne me serait pas venue sans elle. Cours à mon hôtel et dis à mon majordome, en lui remettant cette clé: « Qu'il cache en un lieu sûr les pa-
» piers d'Etat renfermés dans ma cassette de fer, jusqu'à
» ce qu'il puisse les porter à ma femme en Aragon, afin que
» mes fils vengent ma mémoire, et qu'ils ne portent pas un
» nom tout-à-fait déshonoré. » — Il me restait encore quel-

que honneur. C'est bien assez que cette main trop prompte...

(L'oncle Martin l'interrompt en prenant la clé de ses mains.)

L'ONCLE MARTIN.

Allons, répète-lui encore une fois, jeune fille, que tu lui pardonnes.

INESILLA.

Oui, c'en est fait ; j'ai renfermé mon deuil dans mon cœur, je lui pardonne, — (à part, en faisant un signe de croix) et que Dieu ait l'âme de mon Escovedo ! — (Haut.) A présent, me voilà redevenue la caméristе de madame d'Eboli. Vous avez dit vrai, mon oncle : je vois clairement d'où le crime est parti, et je sais où frapper. Vasquez est un infâme qu'il faut confondre. Unissons-nous tous pour le perdre. Où est ma maîtresse ?

L'ONCLE MARTIN.

Allons chez elle. De là, don Antonio, je cours à votre hôtel, et je reviens ici. — (Il reparaît tout à coup avec un cri de joie.) La voici ! la voici elle-même ! voici madame d'Eboli.

LE GEÔLIER, du dehors.

Vous n'entrerez pas, Madame.

MADAME D'EBOLI, arrivant jusqu'au seuil que lui barre le geôlier.

Que vois-je ? que fais tu là, Inesilla, ma sœur ?

LE GEÔLIER.

Vous n'entrerez pas.

MADAME D'EBOLI.

Tu as bien laissé entrer Inesilla, ma caméristе, avec l'oncle Martin.

LE GEÔLIER, sombrement.

Je ne rends compte qu'au roi de ce que je fais ici.

L'ONCLE MARTIN, courant à lui et lui parlant d'un air familier et drôle.

Que crains-tu d'elle ici ?

LE GEÔLIER.

Tout. Je la connais. Elle n'a fait que du mal dans le palais de Philippe II.

L'ONCLE MARTIN.

C'est souvent du mal lui-même que vient la réparation.

LE GEÔLIER, étonné.

Le crois-tu ?

L'ONCLE MARTIN.

Je l'affirme. — (En disant ces mots, il va prendre la main de madame d'Eboli, et il l'amène dans le cachot. Entrez donc, madame d'Eboli. Quant à vous, don Antonio, je vous quitte, mais pour revenir bientôt à votre aide, si je puis réussir.

SCÈNE IV.

ANTONIO PEREZ, INESILLA, MADAME D'EBOLI.

INESILLA.

Ah ! venez, venez, Madame. Je sais tout maintenant. Il ne faut plus nous livrer au désespoir, mais nous unir tous ensemble pour punir notre ennemi. Je sens dans mon cœur que nous vengerons Escovedo... Ecoutez. Ah ! mon Dieu ! j'entends un bruit d'armes à cette porte. Vasquez vient déjà chercher sa victime. Voilà un alguazil. Cachons-nous, Madame ; retirons-nous dans l'ombre.

MADAME D'EBOLI.

Moi, non pas.

INESILLA.

Ecoutons-le.

SCÈNE V.

LES PRÉCÉDENTS, UN ALGUAZIL.

L'ALGUAZIL, d'une voix haute et stridente.

Accusé Perez, l'instruction de votre procès est finie ; je viens vous chercher pour comparaître devant don Matheo Vasquez, votre juge.

MADAME D'EBOLI, marchant droit à l'alguazil.

Son juge !... Vous pouvez dire à don Matheo qu'Antonio Perez ne comparaîtra point devant son ennemi mortel. Vous l'arracherez par force de cette prison, ou, pour mieux dire, il y périra par vos mains, et moi avec lui en le défendant. Dites à Vasquez qu'il amène le roi Philippe II lui-même dans ce cachot, s'il veut en voir sortir vivants Antonio Perez et la princesse d'Eboli.

L'ALGUAZIL.

Je vais rendre compte à don Matheo Vasquez de ce que j'ai entendu.

SCÈNE VI.

LES PRÉCÉDENTS, moins l'alguazil.

INESILLA.

A la bonne heure, madame d'Eboli ; il n'y a que la vengeance d'une femme qui puisse venir à bout de ce monstre odieux, visage hypocrite et perfide, que l'on n'a jamais vu s'éclairer qu'à la flamme de ses auto-da-fés. Ah ! je vous appuierai, moi ; j'irai l'attaquer jusque sur son tribunal, en pleine église, à côté du roi, partout ; je le souffleterai devant tout le monde, et lui donnerai un coup de mon stylet, qui l'enverra servir de juge aux enfers. Courons nous venger tous. Adieu.

SCÈNE VII.

ANTONIO PEREZ, MADAME D'EBOLI.

MADAME D'EBOLI.

Elle a raison. Ne nous laissons point immoler sans vengeance par un Vasquez. Nous devrions rougir de recevoir une leçon d'Inesilla. Il n'y a plus rien à ménager maintenant. — Eh bien! non, je n'aurai pas été la maîtresse de Philippe II pour rien. L'heure est venue de retirer de ma honte même une audace qui l'égale, qui la surpasse. Ecoute, Antonio, changeons d'idée. Je crois à présent qu'il vaut mieux que tu comparaisses devant ton juge : je lui réserve un étonnement qui va le faire pâlir.

PEREZ.

Que voulez-vous dire?

MADAME D'EBOLI.

Je déclarerai, en présence de tout le peuple, que je suis complice du meurtre d'Escovedo.

PEREZ.

Oh! Madame, quelle imprudence!

MADAME D'EBOLI.

Je tiens Vasquez à mon tour. J'ai dans mes mains des lettres du roi où se révèle un amour sombre qui mêle aux terreurs de l'enfer toutes les ardeurs d'un sang malade et irrité. Je vais faire deux parts de ces lettres, et je remettrai la plus redoutable à une autre moi-même, qui vengera notre mort, j'en suis sûre, à Inesilla. Quant à l'autre, je me réserve de... Comme tu es agité, Antonio!

PEREZ.

Je le suis avec raison. Le sang d'Escovedo crie vers moi. Et pourtant je n'avais point de haine contre toi, Escovedo ; c'est la ruse de notre ennemi qui a préparé ta mort, c'est sa main insidieuse qui m'a poussé au crime.

MADAME D'EBOLI.

Et c'est pour cela, précisément, qu'il faut le surprendre au milieu des joies qu'il en ressent, joies toujours imprudentes. Hâtons-nous de le prévenir. Oh ! l'infâme, c'est lui qui t'a armé contre son propre sang, et c'est toi qu'il poursuit, c'est lui qui devient ton juge ! A propos, je me rappelle que tu avais aussi dans tes mains des papiers dangereux, des secrets d'Etat, dont nous pourrions nous servir pour renverser notre ennemi dans la boue, et te remettre au timon. Qu'as-tu fait de ces papiers ?

PEREZ.

Je sors de les confier à quelqu'un dont le nom va bientôt vous étonner.

MADAME D'EBOLI.

Moi ? non pas, va, rien ne m'étonne. A qui donc ?

PEREZ.

A l'oncle Martin.

MADAME D'EBOLI.

Je confie bien mes lettres à Inesilla. Ah ! comme cela se rencontre ! Inesilla s'est attachée à l'oncle Martin par un adorable caprice ; je pourrais même dire qu'elle l'aime, et jamais elle n'eût aimé quelqu'un qui pût me trahir. Mais tu n'as pas joint, sans doute, à ces papiers, un certain billet bien autrement dangereux que Vasquez t'a remis lui-même avant la mort d'Escovedo, et qu'il t'a laissé, l'imprudent ! — un billet sans signature, mais tracé par une main tremblante et agitée que je n'ai que trop reconnue.

PEREZ.

Je n'ai pas songé à le faire.

MADAME D'EBOLI.

Ah ! où est-il ?

PEREZ.

Le voilà.

MADAME D'EBOLI.

O Fortune, tu es encore avec nous.

PEREZ.

Votre joie me fait peur. Rendez-moi ce billet.

MADAME D'EBOLI.

Jamais. Tu ne comprends donc pas, avec ce billet, que nous allons jouir enfin d'une sécurité pleine de vengeances et de délices. On ne peut plus nous immoler maintenant comme des sots. Nous ne tuerons pas Vasquez ; oh ! non, nous nous en garderons bien ; mais nous l'abaisserons à nos pieds, nous le dompterons à plaisir, nous l'irriterons, le livrant ensuite aux railleries de notre Inesilla, qui seront aiguës et mortelles comme son stylet. Tremble, Vasquez, appelle-nous devant ton tribunal. Nous te préparons une vengeance aussi profonde et aussi cruelle que l'est ton âme.

(En ce moment, le geôlier appelle Antonio et lui dit à voix basse quelques mots qui le font tressaillir.)

PEREZ.

Grand Dieu ! je ne puis pas m'expliquer, je ne saurais croire....

MADAME D'EBOLI.

Que venez-vous donc d'apprendre ?

PEREZ.

Une nouvelle qui me confond d'étonnement et de terreur.

MADAME D'EBOLI.

Quoi donc ?

PEREZ.

Ma femme est arrivée.

MADAME D'EBOLI, avec un cri d'effroi.

Votre femme !

PEREZ, tout saisi, tout ému, en voyant dona Juana Carreguy paraître sur le seuil.

La voilà. Regardez ! Voilà la fille de don Sanche Carreguy.

(On voit entrer une grande et noble femme en longs habits de deuil, ayant un air doux et fier, une démarche tranquille et toute la modestie d'une femme qui a beaucoup souffert, mais qu'un grand devoir ramène auprès de son mari. Tout en Juana contraste avec madame d'Eboli.)

SCÈNE VIII.

ANTONIO PEREZ, MADAME D'EBOLI, JUANA, LE GEÔLIER.

JUANA.

Il est donc vrai, Antonio Perez, c'est vous que je trouve enfermé dans les cachots de l'Escurial.

PEREZ.

O Juana, Juana, pourquoi êtes-vous venue jusqu'à moi ? je suis un meurtrier.

JUANA, réprimant l'émotion qu'elle éprouve en entendant ces mots, et se retournant vers le geôlier avec tranquillité.

Vous voyez, Monsieur, que je ne vous trompais pas. Voilà mon mari. Je vous remercie vivement de m'avoir laissé pénétrer jusqu'à lui.

(Le geôlier s'incline avec émotion, s'éloigne, mais on le voit reparaître de temps en temps sur le seuil, et suivre avidement toute cette scène.)

(Juana reprend) : — O Providence éternelle, vous m'avez avertie à temps de quitter ma famille pour venir à Madrid.

C'est votre main elle-même qui m'a conduite ici. Et j'en conçois la plus radieuse espérance au fond de mon cœur. Est-il donc vrai, Antonio, que vous soyez arrêté comme meurtrier? cette pensée a quelque chose de si affreux pour moi que je ne saurais y croire.

PEREZ.

Ce n'est que trop vrai, j'ai tué mon ami Escovedo.

JUANA.

Vous, Antonio, vous meurtrier ? Oh ! cela n'est pas possible, non, vous n'avez point commis cette action dont vous êtes accusé ; ou bien il y aurait dans cette action quelque autre chose que je ne m'expliquerais pas. J'avais emporté de vous une estime bien différente, et ce n'est pas en moins de trois années que vous êtes devenu un homme de vengeance et de sang.

PEREZ.

Je vous le répète, j'ai tué Escovedo, et j'appartiens désormais à Vasquez, c'est-à-dire à l'expiation la plus prompte et la plus méritée. Je n'ai plus qu'à descendre au fond de ma conscience. Retournez, Madame, retournez à vos devoirs si noblement remplis, et laissez-moi livré à mes remords, à ma honte, à l'expiation sanglante qu'on m'apprête. Je ne méritais pas de vous avoir pour femme.

JUANA.

O mon Dieu, mon Dieu, je vous remercie de m'avoir inspiré mon voyage rapide, et de m'avoir amenée comme par la main jusque dans cette prison ! Je ne crois plus à nos malheurs, parce que je suis arrivée ; je me sens même heureuse au milieu de nos maux. Je savais bien, ô mon Dieu, que je retrouverais dans mon Antonio les vives étincelles de la vertu qui s'éteignent si vite dans la prospérité, et que je les verrais reparaître tout éclatantes à mes yeux. Je m'en sens réjouie jusqu'au fond du cœur comme épouse et comme mère. Apprenez donc, Antonio, que nos enfants ne me parlaient plus que de vous, qu'ils me comprennent déjà, qu'ils me questionnent, et qu'ils me souhaitent de vous voir plus ardemment tous les jours : ô bonheur! et voilà que je retrouve en vous un Antonio bien différent d'autrefois, qui reprend à mon cœur toutes ses tristesses, qui me console, qui me ravit, et que j'estime bien autrement que je ne l'aurais fait dans ma puissance. Je me sens tout-à-fait consolée. Je ne crains plus rien. Je remets aux mains de Dieu, vous, ma famille et moi-même.

(En entendant ce langage nouveau pour lui, Perez éprouve une émotion si vive qu'il se précipite aux pieds de Juana avec un sentiment profond de respect et de repentir ; mais celle-ci le retient.)

Ne me répondez rien, Antonio. Ne me dites pas un seul mot. Ecoutez plutôt une bonne nouvelle que je vous apporte.

PEREZ.

Que voulez vous dire? quelle nouvelle?

JUANA.

Mon père a été nommé grand-justicier du royaume par les Aragonais, au moment même qu'on l'emprisonnait à l'Escurial.

PEREZ.

Grand-justicier d'Aragon! ô surprise! ô justice! sa vertu a donc été enfin récompensée par ses concitoyens. Je vous remercie de tout mon cœur de m'avoir apporté cette nouvelle.

JUANA.

Que vous dirai-je enfin? j'ai rencontré mon père qui retournait en Aragon pour prendre en main la verge blanche du justicier avec une sévérité inflexible : — « Hâtez-vous, m'a-t-il dit, Antonio Perez est dans les prisons de l'Escurial, et il a besoin de vos conseils et de votre amitié. »

PEREZ.

O Juana, ma Juana révérée, je ne vous ai fait que du mal depuis que vous avez uni votre sort au mien.

JUANA.

Taisez-vous, Antonio. Je ne vous quitterai plus. Je n'ai rien à vous pardonner, moi; mais Dieu pardonne toujours au repentir sincère. Ne désespérons pas.

PEREZ.

Oh! pourquoi donc ai je commis ce meurtre, mon Dieu! j'avais oublié tout dans mes égarements, mon Aragon natal si prompt et si hardi, ma femme, mes enfants, tout enfin, et je m'étais enivré d'un orgueil qui m'a perdu.

JUANA.

Hélas! hélas! comment donc un homme comme vous a-t-il pu se résoudre à cette action funeste?

PEREZ.

Je n'en sais rien. Par une ruse infernale de Vasquez, on m'avait donné un choix horrible à faire entre deux hommes qui me tenaient de près tous deux, mais condamnés tous deux à mourir, — « sauver don Sanche Carreguy avec le sang d'Escovedo, » et j'ai osé choisir.

MADMME D'EBOLI, s'avançant tout à coup entre Juana et Perez.

Ne l'écoutez pas, Madame, c'est en duel qu'Escovedo a péri.

JUANA.

En duel! en duel! ah! c'est en duel, n'est-ce pas, Madame, qu'Escovedo a péri? Je savais bien qu'Antonio n'était pas coupable.

PEREZ.

Je n'en suis que plus coupable. Je ne l'aurais pas tué, si je ne l'avais pris en trahison.

MADAME D'EBOLI, vivement.

Ne l'écoutez pas, Madame, ne l'écoutez pas.

JUANA.

Oh! non, je ne l'écoute pas, il se calomnie.

MADAME D'EBOLI.

Et alors il faut retourner promptement contre l'auteur véritable du meurtre, contre Vasquez, la condamnation qu'il nous prépare. Nous le pouvons. Lisez, Madame, voici des papiers qu'il ne sait pas que nous avons dans nos mains, mais qui vont éclater dans les siennes en plein tribunal, en frappant d'épouvante ceux qui nous accusent. Lisez surtout ce billet.

JUANA, recevant ces papiers avec hésitation et lisant à regret.

Je ne devine pas, je ne m'explique pas quel est le sens de ce billet.

MADAME D'EBOLI.

Ah ! pourtant, Madame, vous avez pâli en le lisant.

(Madame d'Eboli s'approche mystérieusement de Juana, et lui dit quelques mots à voix basse : celle-ci change de visage, hésite et frissonne. Mais elle reprend bientôt avec tranquillité.)

JUANA.

Et moi, Madame, je n'aime pas la vengeance. La religion la condamne. Je crois que la douceur et le repentir valent mieux que la vengeance pour conjurer nos malheurs. Ah ! sans doute, notre vie ne doit être qu'une lutte continuelle : il faut agir en ce monde, travailler, prier, toujours agir ; mais la bonté ineffable du Christ doit nous conduire au bonheur plutôt que la vengeance. Aimons-nous donc les uns les autres, et répudions nos vains calculs. Le pays où je suis née est sincèrement catholique, et j'appartiens de sang et de cœur à notre antique race pyrénéenne que les guerres du monde entier n'ont jamais soumise au joug, et que rien n'attire au dehors, que rien ne séduit. Mon pays est resté pauvre, mais il est pur, et je veux que mes pas suivent les sentiers de nos aïeux, où ma jeune famille doit marcher à son tour, afin qu'elle vive à l'abri de nos Pyrénées jalouses, et loin des richesses, qui ne sont pas toujours de bonnes conseillères. — J'ai regretté longtemps l'Aragon en venant à Madrid partager une puissance et une fortune bien enviées : je vous avouerai néanmoins que je suis retournée un peu triste dans ma famille, mais sans regret pour Madrid, et je mourrai, à moins d'événements, près des tombeaux de mes ancêtres.

(L'oncle Martin, qui a reparu tout à coup, jette un mot et disparaît.)

SCÈNE IX.

LES PRÉCÉDENTS, L'ONCLE MARTIN.

L'ONCLE MARTIN.

J'ai réussi, je vous amène le roi.

SCÈNE X.

LES PRÉCÉDENTS moins l'oncle Martin.

MADAME D'EBOLI.

Le roi !... que faire, ô mon Dieu ? où fuir ?

JUANA.

Quant à moi, j'en suis ravie. Vous m'avez dit que ces papiers que j'ai dans mes mains, ce billet surtout, sont dangereux, sont terribles. Eh bien ! je ne veux pas, moi, qu'ils servent à une vengeance : je les déchire.

MADAME D'EBOLI, courant à elle.

Ah ! gardez-vous en bien.

JUANA.

Pardon, Madame, je suis mère.

(Juana les déchire et en jette les débris loin d'elle.)

MADAME D'EBOLI.

Nous sommes perdus !

JUANA.

Au contraire, mon cœur me dit que j'ai bien fait d'anéantir ces papiers et de rester désarmée. Je suis mère, je vous le répète, madame d'Eboli.

MADAME D'EBOLI, vivement troublée.

Qui donc vous a dit mon nom? Vous ne m'avez jamais connue. Ah ! pardon, ma tristesse m'avait fait oublier qui je suis et qui vous êtes. O Juana, Juana, je vous demande pardon, et je m'incline humblement devant vous ; mais je veux sauver don Antonio avec vous. A bientôt donc. Je fuis devant le roi.

(Le geôlier, qui a suivi toute cette scène avec un ravissement profond, barre le passage à madame d'Eboli.)

LE GEÔLIER.

On ne sort plus.

MADAME D'EBOLI.

Oh ! grâce ! grâce ! laissez moi fuir. Voici le roi. J'entends le roi.

LE GEÔLIER.

C'est vous qui les avez tous perdus. Expiez donc ici le mal que vous leur avez fait. Philippe II ne pardonne jamais.

L'ONCLE MARTIN, qui devance le roi de quelques pas, accourt à ce bruit.

Que fais-tu là, Pyrénéen maudit? tu nous perds. Fuyez le roi, Madame. Fuyez de ce côté. Fuyez vite.

(Il fait échapper madame d'Eboli avant que le roi n'ait paru. Ensuite il retourne au-devant du roi qu'il guide avec attention dans ces souterrains obscurs. A l'approche du roi, le geôlier se retire dans le coin le plus noir du cachot, sombre et rêveur, et comme ne songeant plus à ses fonctions.)

SCÈNE XI.

ANTONIO PEREZ, JUANA, L'ONCLE MARTIN, LE ROI, LE GEÔLIER, immobile et rêveur dans un coin du cachot.

LE ROI, du dehors.

Où m'amènes-tu donc?

L'ONCLE MARTIN, familièrement, gaîment.

Suivez-moi toujours. Convenez avec moi, sire, qu'il ne fait pas bon habiter les bas-fonds de votre Escurial.

LE ROI, avec colère et curiosité à la fois.

Tu ne fais rien comme un autre, toi. Je ne sais quelle frénésie te pousse vers ces lieux inconnus et m'entraîne à ta suite.

L'ONCLE MARTIN.

Et vous n'avez jamais eu regret de m'écouter, sire.

LE ROI.

J'ai le cœur percé de mille morts. Je ne sais pas pourquoi j'ai besoin de toi et de tes entretiens, gais, bizarres, fous ou tristes. On dirait que ta folie fait du bien à mon âme agitée. Et voilà comment tu me mènes où tu veux dans mon palais, de récits en récits, comme une âme en peine qui cherche et poursuit une lueur tremblante, et qui la voit fuir à chaque pas devant elle. — Où sommes-nous arrivés? Dans quels réduits inconnus de mon Escurial m'amènes-tu donc? Dans quelle prison?

L'ONCLE MARTIN, avec tristesse, en lui montrant Perez et Juana.

Avouez que vous m'aviez deviné. Regardez, sire.

LE ROI.

Que vois-je! Antonio Perez. — Où était donc son geôlier, que je ne l'ai point vu à l'entrée? Pourquoi cette porte n'était-elle point gardée? où est-il?... (Le geôlier se retire avec crainte et reste debout sur le seuil.) Et toi, misérable fou, tu m'as trahi, tu vas....

JUANA, se jetant aux pieds du roi.

Sire, je vous demande à genoux la grâce de mon mari. Le repentir a touché son cœur. Il abandonne pour toujours le pouvoir et la fortune, et il revient avec moi dans sa famille. Sire, faites-lui grâce au nom de la religion du Christ que vous imposez si ardemment à toute la terre. Notre religion bien-aimée n'enseigne que le pardon. Celui qui aime le mieux notre religion pardonne. Au nom de mes enfants, sire, accordez-moi la grâce de mon mari.

LE ROI, tendant sa main à Juana.

Relevez-vous, Madame.

(Juana porte la main du roi à ses lèvres. Perez s'incline avec respect devant lui.)

JUANA.

Je ne m'étais pas trompée. J'ai eu confiance en Dieu, et je foule avec bonheur sous mes pieds ces papiers d'État dangereux, qu'on voulait que mon mari portât devant ses juges pour se justifier. Je les ai déchirés sans les lire.

LE ROI, saisi d'une émotion visible.

Vrai, Madame, vous avez fait cette action loyale ! c'est bien. Je vous donne ma parole de roi que votre mari est libre. Adieu. — (Mais, par compensation, il interpelle ainsi le geôlier à voix basse en passant près de lui.) Quant à toi, soldat funeste de Saint-Quentin, Basque indompté, je ne t'ai pas trouvé à ton poste en arrivant ici.

LE GEÔLIER.

Punissez-moi.

LE ROI.

Qu'il soit fait comme tu as dit, Pyrénéen farouche ! tu paieras pour tous.

SCÈNE XII.

ANTONIO PEREZ, JUANA.

PEREZ.

Et nos enfants, Juana, que sont-ils devenus ?

JUANA.

Ils sont déjà grands, mon Antonio. L'aîné a cinq ans. Il me parle sans cesse de son père, qu'il désire, qu'il aime, qu'il honore surtout, et qu'il appelle au milieu de nous de tout son jeune cœur : je suis sûr qu'il va vous reconnaître en vous voyant. Notre seconde enfant, notre petite fille, Blanche, le dispute à son frère en amitié filiale, et voudra lui ravir votre premier baiser. Quant au troisième, il est plus mutin que les deux autres, et il n'aime que moi, celui là : je crains, par amour pour sa mère, qu'il ne vous fasse des questions qui vous embarrasseront beaucoup. Mais nous arrangerons tout cela.

PEREZ.

O ma Juana charmante, pardonne-moi, pardonne.

SCÈNE XIII.

ANTONIO PEREZ, JUANA, LE GEÔLIER.

LE GEÔLIER.

Partez donc. Vous oubliez que vous êtes libre. Partez pour l'Aragon, en vous cachant toujours de Vasquez, en vous hâtant surtout. Partez vite.

JUANA.

Oui. Mais, avant de vous quitter, dites-nous, je vous prie,

pourquoi vous avez pâli en entendant les dernières paroles du roi qui ne sont pas venues jusqu'à nous. Que vous a-t-il dit ?

LE GEÔLIER.

Rien, oh ! rien, Madame, je vous jure.

JUANA.

Cependant nous avons vu que vous pâlissiez.

LE GEÔLIER.

Allons, partez vite. Adieu. Souvenez-vous cette fois de ne pas oublier vos promesses, Antonio.

SCÈNE XIV.

LE GEÔLIER, resté seul.

Oui, je paierai pour tous ; mais il y aura quelqu'un de plus puni que moi, c'est Vasquez. Depuis que j'ai sauvé le roi à Saint-Quentin, dans un moment où son courage m'avait paru douteux, j'ai compris que j'étais perdu. On m'a renfermé, pour me punir, dans ces fonctions secrètes et mortelles ; mais ce n'est plus assez, il faut mourir. Ah ! j'entends déjà Vasquez avec ses alguazils. Donnons une vie de plus à ce monstre, une vie obscure, pourvu que Perez et Carreguy revoient et vengent notre pays. La comédie que j'ai jouée depuis Saint-Quentin est finie.

FIN DU TROISIÈME ACTE.

ACTE QUATRIÈME.

(La salle du tribunal est dans une petite ville de Castille, à ques lieues des frontières de l'Aragon.)

SCÈNE PREMIÈRE.

DON MATHEO VASQUEZ et deux juges à ses côtés, **ANTONIO PEREZ** au banc des accusés, le greffier à son bureau, des alguazils partout, nombreuse affluence de peuple.

VASQUEZ, se levant avec solennité.

Vous venez de remplir un devoir pénible, ô mes collègues. Il ne me reste plus qu'à vous remercier de l'attention scrupuleuse que vous avez apportée dans cette cause, en présence de tout ce peuple, afin de donner à votre arrêt de condamnation toute l'équité qu'on pouvait attendre de juges tels que vous. On ne dira pas que vous avez condamné Antonio Perez comme des juges prévenus : la fierté même de l'accusé, qui n'a pas voulu répondre un mot aux faits qui l'accablent, vous a rendus plus lents et plus circonspects. J'aurais bien voulu pouvoir écarter de mon ancien collègue l'arrêt fatal qui le frappe. Je regrette vivement les devoirs sévères que le roi m'a confiés, et qui sont si tristes à remplir.

(Il se tourne ensuite vers Antonio Perez avec une apparente commisération, et dit :)

Le jugement est prononcé. — Mais comme vous n'avez pas daigné vous défendre, Antonio Perez, nous voulons épuiser jusqu'à la dernière extrémité la patience que des juges doivent à l'accusé. Nous vous invitons encore une fois à le faire.

PEREZ.

J'accepte votre jugement. Je ne veux pas me défendre, et je laisse à mes enfants le soin de venger ma mémoire par une conduite plus pure que la mienne ne l'a été. Il leur reste une mère qui ne manquera point à cette mission.

VASQUEZ, à part, avec dépit.

On voit bien que l'orgueil de cet homme n'est pas dompté. Son refus de se défendre l'a rendu plus fort aux yeux de tout ce peuple que sa défense elle-même ne l'aurait fait. Allons plus loin avec lui. Profitons de son abaissement, humilions-le, brisons-le. Je réunis tous les pouvoirs de l'Etat dans mes mains. J'irai jusqu'au dernier moyen, s'il le faut, pour le dompter. — (Haut.) Il est fort commode, en effet, de ne pas se défendre pour paraître innocent. Et cependant vous étiez en fuite, don Antonio, vous alliez nous échapper, si je ne veillais heureusement de tous mes yeux à l'exécution sévère de la justice dans tout le royaume. Vous étiez donc coupable ?

PEREZ.

Je vous ai déjà dit que je ne fuyais pas. Je vous répète encore une fois que le roi était descendu dans mon cachot, et qu'il m'avait rendu la liberté. Mais vous êtes plus que le roi.

VASQUEZ, à part.

Il m'insulte, il me brave encore plus. — (Haut.) Dites plutôt que je suis son ministre vigilant, don Antonio, voilà tout. Je ne reconnais pas, moi, comme un acte écrit qu'il faut suivre, une grâce verbale du roi que j'apprends aujourd'hui même par la bouche de l'accusé. J'ai un plein pouvoir du roi, et le voici ! qui remet entre mes mains toute son autorité et toutes les forces du royaume pour atteindre le meurtrier de mon parent Escovedo, jusqu'à ce que ses mânes aient été satisfaits.

(Il s'échauffe de plus en plus avec une hypocrisie profonde.)

Après tout, le sang parle, Messieurs. Le sang de mon parent Escovedo crie vers moi. On ne voit plus que des meurtres parmi nous. Les vengeances succèdent aux vengeances. Nos mœurs s'en vont. Admirez avec moi la confusion où nous sommes tombés : le roi catholique Philippe II ne va plus mériter son surnom, s'il ne met un terme à nos impiétés. Il en est temps, Messieurs, et c'est en haut qu'il faut frapper, c'est à la tête, afin de montrer au peuple que la justice du roi est égale pour tous. Mais Philippe II n'est point un roi imbécile qui laissera tomber l'Etat au gré de nos jeunes hidalgos enrichis et rassasiés. Je vous déclare qu'une ère nouvelle commence pour l'Espagne. Le roi m'a dit d'étouffer dans le sang la licence et le meurtre. Il veut que l'escopette se convertisse en fusil, plus utile à l'Etat, et le stylet en épée. Retournons donc promptement aux mœurs sévères de nos aïeux. Sans cela, nous n'aurons jamais la domination universelle promise à nos destins. Dieu ne donnerait point la victoire à Philippe II contre Elisabeth, qui continue audacieusement l'œuvre de Henri VIII, son père, ô anathême ! Dieu ne nous donnerait point le sang du Taciturne que nous avons mis à prix ; enfin, sans cela, nous ne viendrions jamais à bout de la France, moitié protestante et moitié catholique, que son dernier Valois abandonne aux partis enflammés, au lieu de les absorber tous dans sa vertu comme Philippe II. Songeons-y bien, Messieurs, il va laisser sa couronne aux Guises ou au roi de Navarre. Quant aux Guises, nous les étoufferons dans les factions. Mais si le Béarnais devenait roi, ô malheur pour nous ! il empoisonnerait de son hérésie le reste du royaume, et nos Pays-Bas, et l'Alsace, et la Bourgogne, pour mieux nous les prendre, et il se retournerait ensuite, victorieux, contre la Navarre et l'Aragon, soumis à peine d'hier, provinces toujours rebelles, proie éternellement vivante qui nous dévorera jusqu'aux entrailles à cause de leurs Fueros indomptables et de leur pauvreté.

Depuis qu'il règne, Philippe II a toujours appesanti sa main sur ces contrées, et jamais, oh ! jamais, nous ne dompterons ce reste du vieux sang des Cantabres.

(Il se recueille un moment avec complaisance, pour reprendre bientôt son thème perfide avec un redoublement d'austérité hypocrite et de tristesse affectée.

On m'écoute. On m'admire. Continuons. — (Haut.) Je ne voudrais pas insister plus longtemps, Messieurs, puisque vous avez prononcé votre jugement ; mais on ne saurait trop éclairer, aux yeux du peuple qui nous écoute, une cause qui est devenue pour ainsi dire nationale, comme vous voyez.

Malheureusement, hélas ! tout se tient ici-bas. Il n'y a personne entre nous qui ne sache que Perez était bâtard d'un grand seigneur aragonais, Gonzalo Perez, tout-puissant dans les conseils de Charles-Quint, et voilà son fils Antonio, devenu premier ministre à son tour, qui enchérit sur ses vertus, et qui pousse un peu plus loin, bien entendu, les qualités joyeuses qui signalaient son père. Il a aimé les plaisirs jusqu'à l'excès. Il n'a plus rien respecté, Messieurs. Il a donné au cœur du roi un chagrin mortel que je ne dois pas révéler ici.... On ne s'arrête plus dans un si beau chemin. Il a été plus loin encore. Il a scandalisé nos provinces, l'Italie surtout, et je le prouverai, par ses rapacités.... (Perez tressaille en entendant ces paroles : Vasquez en frémit de plaisir. Il poursuit en redoublant de haine et de tristesse affectée.) Ah ! ne vous révoltez pas contre la justice du roi, don Antonio, et laissez-moi finir : il faut bien que je parle au nom du droit sacré des mœurs et des lois, puisque vous persistez à ne pas vous défendre. Il m'est pénible néanmoins, oh ! bien pénible, Messieurs, de vous révéler sur mon collègue une dernière chose qui n'a pas été connue dans Madrid, parce que sa femme y a vécu éloignée de la cour avec une modestie que je me plais à citer devant vous. Vous permettrez à ma douleur de ne plus vous parler du meurtre qu'il a commis ; mais je me vois forcé de vous attrister encore plus, en vous faisant descendre, malgré moi, jusqu'aux derniers degrés du mal où il était tombé. Sa femme, si vertueuse et si modeste.... sa femme, digne fille de l'Aragonais Carreguy.... croiriez-vous qu'il l'a forcée à le quitter à cause de ses désordres et à retourner dans sa famille avec ses enfants !

(A ces mots, Juana se lève du milieu de la foule émue qui la devine et qui lui ouvre le passage. — Vasquez recule d'étonnement et d'effroi en la reconnaissant.

JUANA, s'avançant vers le prétoire.

La voilà, cette femme. Livrez-lui passage, afin qu'elle aille s'asseoir, à côté de son mari, au banc des accusés. Vous les aviez séparés l'un de l'autre en les arrêtant, don Matheo, mais c'est en vain : ce n'est pas à vous qu'il appartient de délier les nœuds sacrés qui les ont unis.

SCÈNE II.

LES PRÉCÉDENTS, JUANA.

VASQUEZ, à part.

Je me sens anéanti. J'ai peur d'avoir poussé le plaisir de la vengeance trop loin. Ah bah ! je tiens mon rival dans mes mains. Si je ne réussis pas à le vaincre, je savourerai du moins son agonie avec délices. Il me reste un dernier moyen, la question. Retournons le fer dans la blessure. Redoublons d'audace avec lui. — (Haut, avec tristesse.) Vous frémissez encore tous de mon récit. Et pourtant, Messieurs, n'est-ce pas la vérité elle-même que je viens de vous peindre ? l'accusé lui-même reconnaît toute sa confusion. Hélas ! l'autorité royale s'épuise vite, quand elle passe par de telles mains. La religion succombe à tant d'iniquités. Et le peuple, qui ne voit point la justice de Dieu régner sur la terre, se laisse aller à son tour à de furieux déportements, jusqu'à ce que le désordre ait gagné tous les rangs de l'État et l'ait dissous en l'anéantissant. — L'heure de frapper est donc venue. — Une grande tristesse s'empare de moi à ce moment suprême. Mais j'aurais immolé moi-même mon parent Escovedo, mon parent, mon propre sang, si l'Etat l'eût voulu. Fortifions l'Etat. Sauvons l'Etat. Réunissons dans les mains du roi toute la terrible énergie de nos aïeux, afin que nous étouffions dans l'Angleterre sa papesse-reine et ses pirates, afin que nous frappions au cœur le Taciturne, et que nous rejetions au néant dont ils voudraient sortir, et les Guises, et le Béarnais libertin, et leur France désorganisée. Nous n'aurons plus alors d'obstacles pour donner l'autocratie du monde à Philippe II. L'occasion est propice. L'Autriche sort des mains de Charles-Quint, son père. Le petit duché de Prusse, né d'hier, rentrera dans la poussière germanique.

Et c'est à nous, à nous seuls, Messieurs, qu'il est réservé de mettre sous la religion de Philippe II tout le monde connu aujourd'hui, et devenu, ou redevenu catholique.

Et par conséquent, vous ne serez pas étonné, don Antonio, d'apprendre que votre condamnation emporte avec elle la confiscation de vos biens. On a fait une *visite* dans votre administration, et il paraît, m'a-t-on dit, qu'on ne l'a pas trouvée pure. Cela m'afflige beaucoup, Messieurs, et m'est pénible à révéler sur mon ancien collègue ; mais le roi m'a chargé d'un devoir impérieux et triste qui me prescrit d'aller jusqu'au bout. — Pardon, Madame, si votre présence ici n'interrompt pas le cours de la justice.

PEREZ.

J'attendais de vous cette dernière humiliation, et je m'y résigne. Je ne me défendrai pas.

VASQUEZ, à part.

On dirait qu'il me brave encore plus par cette humilité.

PEREZ.

Oui, Messieurs, frappez-moi dans ma vie et dans mes biens, faites de moi un exemple salutaire aux ambitieux. Votre sentence est juste. Vasquez vous l'a dit avec raison : l'ivresse du pouvoir m'a perdu. J'avais presque cessé d'être un honnête homme. J'ai forcé ma femme à me quitter à cause de mes désordres et de mes injustices. Et ce que Vasquez vous a dit des vertus de cette femme, n'est rien au prix de ce qu'elle est. — Néanmoins, j'interdis à Vasquez le droit de parler d'elle.

VASQUEZ, *à part.*

O orgueil, orgueil, tu vas être puni!

PEREZ.

Et maintenant tout est fini, je m'abandonne à vous corps et biens. J'ai mérité ce qui m'arrive.

VASQUEZ, *vivement.*

Seulement, il est resté dans l'esprit de vos juges un scrupule que nous aurions voulu éclaircir avec vous.

PEREZ, *surpris.*

Un scrupule! que voulez-vous dire?

VASQUEZ.

Nous avons cru remarquer, durant les débats, que vous rejetiez la cause secrète du meurtre de mon parent Escovedo sur un personnage mystérieux que vous n'avez pas voulu nommer.

PEREZ.

Ah! Matheo, Matheo, vous savez bien que je n'ai pas voulu me défendre : ne revenez pas sur un mot qui m'est échappé par dépit plutôt que par un sentiment accusateur.

VASQUEZ.

Par ce mot, cependant, et ensuite par vos réticences calculées, nous avons cru deviner que ce personnage mystérieux était le......

PEREZ.

Oh! tenez, Matheo, j'avais si peu l'envie d'accuser qui que ce soit au monde, que je vous avouerai une chose qui va bien vous surprendre et qui soulagera votre cœur : apprenez donc que les papiers dangereux que vous auriez pu craindre de retrouver dans mes mains, un surtout, ont été détruits.

VASQUEZ, avec une explosion de joie qu'il ne sait pas retenir.

Détruits !

PEREZ.

O mon Dieu, oui, détruits.

VASQUEZ.

Et par qui ?

PEREZ.

Imprudent ! vous oubliez que vous avouez vous-même, en me faisant cette question, que vous connaissiez ces écrits dangereux et que vous les redoutiez. — C'est ma femme qui les a déchirés dans la prison de l'Escurial, en demandant ma grâce au roi.

VASQUEZ, à part.

O joie complète ! ô délices ! ô vengeance assurée ! — Il se retourne ensuite vers ses collègues avec une componction hypocrite. Vous l'entendez, Messieurs, il ne désavoue pas son accusation. Au contraire. Et il redouble nos scrupules, en parlant ainsi.

PEREZ.

Allons donc, Matheo, faites-moi grâce de vos scrupules.

VASQUEZ.

Et pourquoi donc a-t-elle déchiré ces papiers en demandant votre grâce au roi ? Est-ce qu'ils touchaient au roi ? Est-ce qu'ils venaient du roi ?

PEREZ.

Vous savez mieux que moi tout ce qui s'est passé.

VASQUEZ.

Je ne sais rien de ce qui s'est passé.

PEREZ.

Ah ! misérable Vasquez, hypocrite et menteur, vous êtes vous-même la cause du meurtre de votre parent Escovedo.

VASQUEZ, saisi de terreur malgré lui par cette vive apostrophe.

Moi !

PEREZ.

Oui, vous. C'est moi qui ai commis le meurtre, mais c'est vous qui me l'avez inspiré, vous qui l'avez préparé.

VASQUEZ.

Cet homme est fou, Messieurs.

PEREZ.

Vous aviez tout prévu d'avance; vous aviez fait condamner à mort deux hommes qui me tenaient de près tous deux, l'un par le sang, Carreguy, je le nomme, et l'autre par l'amitié, Escovedo. Je ne sais plus par suite de quelle ruse infâme vous m'avez forcé de choisir entre eux, et de tuer l'un pour sauver l'autre.

VASQUEZ.

Vous voyez bien, Messieurs, que cet homme a perdu l'esprit.

PEREZ.

Oh! oui, je l'ai perdu, et l'honneur avec lui. Vous avez même été jusqu'à remettre dans mes mains un billet sans signature, mais presque sacré, qui m'autorisait à......

VASQUEZ.

Écoutez-le, c'est du roi qu'il va vous parler, vous en êtes sûrs.

PEREZ.

Et moi, voilà longtemps, j'en suis encore plus sûr, que vous êtes mon ennemi mortel.

VASQUEZ.

Moi, grand Dieu, qui suis son juge! — Ce sont mes collègues qui ont soupçonné les premiers que vous cachiez le nom du roi sous vos accusations.

PEREZ.

Ne mêlez donc pas sans cesse le nom du roi dans tout ceci. C'est vous seul, Matheo, qui êtes en présence de moi, et moi devant vous.

VASQUEZ.

La preuve, vous dis-je, donnez-nous la preuve de vos accusations. Nous ne nous laisserons point distraire de nos devoirs par vos ruses. Prouvez votre accusation sacrilége, ou bien......

PEREZ.

Je n'ai pas de preuve à vous donner ni d'accusation à vous faire. Je n'ai pas voulu dire tout ce que vous me faites dire. Vous êtes un ennemi pour moi, et non un juge. Mais puisque votre haine va si loin, Matheo, et que vous ne ménagez plus rien, je ne retirerai pas une seule des paroles qui ont pu m'échapper. J'irai plus loin. Je déclare, étant prêt à mourir, je déclare, devant Dieu et devant tous ceux qui m'écoutent, que vous êtes mon complice du meurtre d'Escovedo, et d'autres avec vous.

VASQUEZ, avec une terreur visible.

Qui, cet autre?

PEREZ.

Et que Dieu me pardonne mon crime !

VASQUEZ.

Alors nous allons vous forcer à rétracter ce sacrilége ou à nous dénoncer hautement, clairement, tous vos complices. — Gardes, conduisez cet homme à la question. — Vous, greffier, suivez-le, et recueillez attentivement ses moindres paroles, ses cris, ses gestes même, afin qu'ils nous aident à découvrir l'aveu qu'on ne veut pas nous faire. — A part. Je ne crains plus rien. C'est là que j'attendais mon ennemi. Je vais enfin me venger à plaisir de son orgueil, de son bonheur éternel et de son ironie.

(En entendant Vasquez donner ces ordres, Juana, indignée, se lève pour arracher son mari aux mains des alguazils; mais une autre pensée, plus calme et plus douce, succède aussi vite à ce premier mouvement; elle s'avance au milieu des alguazils avec une adorable dignité, écarte de son mari leurs mains impies, et s'adressant à Vasquez, elle dit :)

JUANA.

Attendez un moment, don Matheo. — Ecoutez, je vous prie, un seul mot que j'ai à vous dire, et suspendez la question. Je vous affirme, au nom de tout ce qu'il y a de plus sacré au monde, au nom du Christ, que j'avais obtenu du roi la grâce de mon mari. Voulez-vous nous permettre d'envoyer un messager à l'Escurial?

L'ONCLE MARTIN, s'élançant vers le prétoire.

Moi, par exemple.

JUANA.

Nous saurons par une lettre du roi s'il confirme ou s'il retire la grâce qu'il nous avait accordée.

VASQUEZ, furieux.

Faites retirer cet homme. — Quant à ce que vous me demandez, Madame, je ne le puis. Je ne comprends rien du tout à cette grâce. Je vous dirai même que le roi sait parfaitement que votre mari est repris, c'est-à-dire jugé, condamné.

JUANA.

Assurez-vous en davantage.

VASQUEZ.

Mieux que cela, Madame. On a puni de mort le geôlier qui vous a délivré, et le roi n'a pas sourcillé.

JUANA, tristement.

Vous avez fait mourir ce vieillard.

VASQUEZ.

Au surplus, l'offense inouïe que votre mari a faite au roi exige de nous une vengeance éclatante. — Gardes !

JUANA.

Il n'y a donc plus de remède au malheur qui nous frappe. O mon Dieu, mon Dieu, ne nous abandonnez pas !

PEREZ, aux alguazils.

Eh ! Messieurs, ne mettez pas vos mains sur moi, je veux

marcher librement devant vous. Adieu, Juana. Songez à nos enfants. Pardonnez-moi.

(Antonio Perez, le greffier et les gardes, sont entrés dans la salle des tortures. Un frémissement singulier court dans tout l'auditoire. L'oncle Martin a mille peines à retenir Inesilla. Et la princesse d'Eboli, se dégageant de la foule, s'avance jusqu'au prétoire, sans savoir pourquoi, sans prononcer un mot.)

SCÈNE III.

LES PRÉCÉDENTS, moins Antonio Perez et les tourmenteurs.

JUANA, seule devant le tribunal.

Eh bien! non, je n'abandonnerai pas mon mari. Je ne chercherai point à vous toucher en vous parlant de moi et de mes enfants. Nous acceptons sans murmurer votre sentence. Mais je vous adresse, ô mes juges, une prière que vous ne repousserez point : je vous demande la faveur d'assister mon mari dans ses derniers moments, comme femme, comme mère et surtout comme chrétienne. Notre âme jette alors un dernier cri de repentir et de vertu que je veux recueillir pour le transmettre à ma famille. J'aimerais à recevoir dans mon cœur tout ce qu'il me dira pour mes enfants, et je voudrais leur répéter ses paroles jusqu'à mon dernier soupir.

(Les paroles de Juana ont ému toute la salle. Le contrecoup en revient aux juges. Vasquez lui-même en paraît étonné. Ses collègues se rapprochent de lui avec une compassion visible. Il hésite. Il pâlit.

VASQUEZ.

Je ne sais trop si je puis.... Mes collègues me convient à vous accorder cette faveur.... La religion qui vous anime est si vive.... vos paroles si persuasives... que.... — Mais, tout réfléchi, je ne peux pas vous permettre d'assister votre mari, avant d'avoir obtenu de lui l'aveu de tous ses complices.

(On voit tout à coup apparaître au fond de la salle, et derrière la foule, un homme sur qui tous les regards du peuple se portent. C'est don Sanche Carreguy. Il n'y a que Vasquez, Juana et madame d'Eboli, trop préoccupés de leur débat, qui ne l'ont pas aperçu. Inesilla le montre à l'oncle Martin.)

SCÈNE IV.

LES PRÉCÉDENTS, CARREGUY, au fond, caché à demi derrière la foule.

INESILLA.

Ah! regardez, mon oncle, regardez donc quel est cet homme au béret blanc qui vient d'entrer!

L'ONCLE MARTIN.

Cet homme, Inesilla, c'est.... Mais que nous veut-il?

INESILLA.

On dirait qu'il vous fait un signe.

L'ONCLE MARTIN.

Oui.

(Il court à don Sanche, se saisit du papier qu'il lui tend, et le rapporte à Juana dans le prétoire. Celle-ci ne pouvant pas apercevoir l'oncle Martin, madame d'Eboli s'empare vivement du papier, le lit, et le remet furtivement à Juana, en jetant un regard d'intelligence à Carreguy. Juana se retourne, et lit.)

JUANA, lisant.

« J'ai deux chevaux tout prêts à quelques pas d'ici. »

(Après avoir reconnu cette écriture de son père, Juana reste un moment saisie d'un étonnement extrême, qui fait bientôt place à une résolution audacieuse.

Madame d'Eboli s'en aperçoit, comprend ce qu'elle médite, l'encourage par un signe, et lui reprend le papier des mains, sans que Vasquez ait rien vu. Tout cela a été rapide comme un éclair. Néanmoins, la vivacité de ces mouvements divers a surpris Vasquez, et il s'attaque à l'oncle Martin, faute de mieux comprendre.)

VASQUEZ.

Que nous veut ce maître-fou? Que vient-il faire ici? — Qu'on l'arrête.

JUANA.

Oh! non pas, non pas, vous n'arrêterez point cet homme. — (On entend un cri de Perez livré à la question.) Grand Dieu! qu'ai-je entendu?... Il faut à tout prix que je coure où ces cris m'ont appelée.

VASQUEZ.

Qu'est-ce que cet homme est venu faire ici?... jusqu'à vous?... et pourquoi prenez-vous si vivement sa défense?

(Nouveau cri de Perez.)

JUANA.

Oh! Monsieur, Monsieur, j'arracherai mon mari à votre inquisition, je cours....

VASQUEZ.

Répondez : est-ce un message qu'il vous a remis?

(Cri de Perez.)

JUANA.

Ce cri me fait mourir. A tout prix, je....

VASQUEZ.

Répondez, vous dis-je. Vous êtes chrétienne et ne savez pas mentir. Est-il vrai, oui ou non, que?...

MADAME D'EBOLI, avec un étrange cri de joie.

Eh! bien, oui, c'est un papier mystérieux que cet homme vient d'apporter dans cette enceinte.

VASQUEZ.

Je m'en doutais.

MADAME D'EBOLI.

Mais c'est à moi qu'il l'a remis.

VASQUEZ.

Donnez, Madame, donnez.

MADAME D'EBOLI.

Je le veux bien, don Matheo, mais à une condition.

VASQUEZ.

Laquelle?

MADAME D'EBOLI.

Oh! la plus simple du monde. — Et d'abord, toi, mon oncle, retourne vite auprès d'Inesilla, ou bien je ne répondrais plus de don Matheo, si je ne te délivrais pas. Allons donc, illustre Matheo, on dirait vraiment que vous ne savez pas quel est cet homme.

VASQUEZ.

Je ne le connais que trop.

MADAME D'EBOLI.

Eh! bien, alors vous auriez dû comprendre tout de suite que cette lettre était pour moi, en voyant le messager, et deviner de quelle part elle est venue. — Et quant à vous, Juana, courez auprès de votre mari; il n'y a plus ni gardes ni juges qui vous retiennent. (Elle ajoute à voix basse.) Je vous ai devinée. Je vais donner à Vasquez une autre lettre que la vôtre pour l'amuser. Courez vite. Sauvons Antonio.

(Elle pousse Juana jusque dans la salle des tortures, et revient vivement à Vasquez, qui est resté béant, étonné, mais qui ne sait pas comment faire pour mettre obstacle à toute cette scène rapide. Madame d'Eboli sourit en passant à Inesilla et à l'oncle Martin d'un air mystérieux. Elle l'entraîne hors du tribunal.)

SCÈNE V.

VASQUEZ, MADAME D'EBOLI.

MADAME D'EBOLI.

Venez, j'ai à vous faire une confidence délicate, écartons-nous de vos collègues et de cette foule. — Reconnaissez-vous cette écriture ?

VASQUEZ, saisi de respect en reconnaissant l'écriture du roi.

Ah ! Madame.

MADAME D'EBOLI.

Achevez donc, Monseigneur, et répondez-moi clairement.

VASQUEZ.

Dieu m'en garde ! le respect....

MADAME D'EBOLI.

Et cette signature?

VASQUEZ.

Ah !

MADAME D'EBOLI.

Remarquez à présent quelle est la date de cette lettre.

VASQUEZ.

Elle est d'aujourd'hui.

MADAME D'EBOLI.

Et par conséquent vous ne pouvez plus avoir aucun doute sur l'authenticité de cette lettre. Lisez-la maintenant tout entière.

VASQUEZ, avec effroi.

Moi, jamais.

MADAME D'EBOLI.

Lisez-la, lisez-la donc, vous dis-je. — (Elle s'avance en scène de quelques pas, pendant que Vasquez lit la lettre du roi avec une sorte de terreur tragi-comique. Elle dit à part.) En effet, je l'ai reçue aujourd'hui du roi, cette lettre, que j'ai substituée au billet de Carreguy. Elle m'invite à retourner auprès de lui, sans faire aucune allusion au passé. Le roi n'est pas volage de sa nature, et il faut qu'il soit doué d'une complexion de caractère singulièrement opiniâtre, pour me rendre ma première faveur, en me promettant pour l'avenir plus d'amour et de puissance que je n'en ai jamais eu. Et cependant cet homme a dû beaucoup souffrir, s'il a su les amours de Perez et d'Eboli. Je n'irai pas, certes. J'appartiens désormais à une mission de salut qu'il faut que j'accomplisse.

VASQUEZ, après avoir lu.

Ah! pardieu, Madame, gardez-vous bien de refuser au roi la réconciliaton qu'il vous demande avec tant d'ardeur.

MADAME D'EBOLI.

Vous croyez. Hélas! Monsieur, vous avez failli me compromettre bien étourdiment en inspirant au roi de la jalousie contre Perez.

VASQUEZ, vivement.

Je me suis trompé.

MADAME D'EBOLI.

Vous m'avez mêlée, pour ainsi dire, à son procès.

VASQUEZ.

C'était un malentendu. Ah! pardon, Madame, je reconnais maintenant toute ma faute. Le roi vous aime trop pour vous perdre. D'ailleurs, ses soupçons n'ont fait qu'irriter son amour pour vous. Vous allez reprendre sur lui un pouvoir plus grand qu'il n'a jamais été, et qu'il faudra gouverner avec adresse.

MADAME D'EBOLI.

Don Matheo, je vous remercie vivement de vos conseils.

VASQUEZ.

Vous pouvez vous rappeler que ce n'est pas d'aujourd'hui que je vous parle ainsi.

MADAME D'EBOLI.

C'est pourtant vrai. A propos, rappelez donc ici votre greffier et vos gardes. J'ai peur que ce rusé Perez ne me dénonce comme son complice au milieu des tortures. Il suffirait qu'il prononçât mon nom, pour que l'exécution fût suspendue.

VASQUEZ.

Vous avez raison. Ah! cependant je tenais beaucoup....

MADAME D'EBOLI.

Bah! vous n'avez pas besoin de la question contre lui; vous n'en serez que plus libre d'exécuter promptement sa sentence.

VASQUEZ.

Soit. Au moins souvenez-vous pour plus tard que je fais cela pour vous. Qu'on rappelle ici le greffier et les gardes.

(Ils arrivent, encore tout échauffés de leur besogne interrompue, et bien étonnés de ce qu'on les rappelle. Madame d'Eboli se rapproche plus hypocritement encore de Vasquez.)

SCÈNE VI.

LES PRÉCÉDENTS, LE GREFFIER ET LES GARDES.

MADAME D'EBOLI.

Il faut toutefois que je vous confesse mes scrupules. — Je suis alarmée pour mon salut de redevenir la maîtresse du roi.

VASQUEZ.

Ah! mon Dieu, Madame, que dites-vous là?

MADAME D'EBOLI.

J'ai par moment des remords cruels.

VASQUEZ.

N'en ayez point, je vous prie.

MADAME D'EBOLI.

Vrai.

VASQUEZ.

Pardieu !

MADAME D'EBOLI.

Eh bien ! alors, que faut-il faire ?

VASQUEZ.

Vous emparer du roi, et, comme le voilà veuf en troisièmes noces de madame Elisabeth de France, je vous marierai avec lui.

MADAME D'EBOLI, étouffant un éclat de rire dans son mouchoir.

Ah ! par exemple.... Mais oui, c'est une idée, cela, et j'y reviendrai avec vous.

(Pendant que madame d'Eboli intrigue ainsi Vasquez, on voit Antonio Perez sortir lentement de la salle des tortures sous les habits de Juana avec son long voile abaissé sur son visage. On dirait qu'Inesilla et l'oncle Martin l'ont reconnu. La foule s'ouvre avec empressement devant lui, et il va droit à Carreguy. Ils ont disparu en un clin-d'œil.)

(Madame d'Eboli a remarqué d'un œil oblique la sortie mystérieuse de Perez, et elle redouble de câlinerie auprès de Matheo.) — En effet, le mariage couvrira tous mes scrupules. Aussi, comme le roi vous apprécie finement ! On ne va plus parler que de vous.

VASQUEZ.

Emparez-vous donc de lui, Madame, sans aucun scrupule. Si nous savons conduire au même but vos projets et les miens, nous raffermirons ensemble l'Etat ébranlé, nous sauverons sa religion et ses mœurs.

MADAME D'EBOLI.

Je suis charmée de vous entendre, don Matheo. Et cependant vous avez failli m'accuser un moment d'être la complice du meurtre d'Escovedo. J'avais même peur, en vous confiant cette lettre, que votre conscience ne fût pas tranquille à mon égard, et que votre soif de justice ne fût pas satisfaite.

VASQUEZ.

Pas si fou. — Allons, vous autres, rentrez dans ce cachot, l'heure de la sentence est passée.

(Le greffier et les gardes rentrent dans la salle des tortures.)

MADAME D'EBOLI ajoute avec une admirable apparence de naïveté.

Voilà tout ce que j'avais à vous communiquer pour le moment, don Matheo Vasquez. Au revoir.

VASQUEZ.

Entre nous, Madame, c'est à la vie et à la mort. Laissez-moi faire, vous serez bientôt la femme de Philippe II.

(Le greffier revient tout effaré.)

(Vasquez, courant à lui.) — Qu'y a-t-il donc?... Que me veux-tu?... Qu'as-tu à me regarder ainsi, imbécile?...

LE GREFFIER.

Il y a, Monseigneur, qu'Antonio Perez n'est plus dans ce cachot.

VASQUEZ, suffoqué d'étonnement.

N'est plus... n'est plus... dans ce cachot!...

LE GREFFIER.

Et que sa femme y est restée à sa place.

INESILLA, sautant de joie.

O Madame d'Eboli! ô ma maîtresse! et vous, mon oncle, embrassez-moi.

L'ONCLE MARTIN.

De tout mon cœur, Inesilla.

VASQUEZ, hors de lui.

Courez, vous tous, courez sur tous les chemins du royaume. Arrêtez tout le monde. Arrêtez l'auditoire.

MADAME D'EBOLI.

Vous m'arrêtez aussi, don Matheo.

VASQUEZ.

Vous surtout, c'est moi qui vous arrête.

MADAME D'EBOLI, lui montrant la lettre du roi.

Vous ne songez donc plus au rendez-vous qui m'attend.

VASQUEZ.

Ah ! c'est vrai. Allez donc. — Mais nous les retrouverons, Messieurs, nous irons plutôt les ressaisir jusque dans les entrailles de la terre. Tout le royaume va se lever contre eux. On ne rit pas avec le meurtre. Déjà le vieux Basque incorrigible a péri dans l'Escurial. Et ce n'est pas une évasion scandaleuse comme celle-ci.... Courez, greffier, amenez devant moi la veuve d'Antonio Perez.

(Le greffier obéit.)

MADAME D'EBOLI.

Vous êtes fou, don Matheo.

INESILLA, riant aux larmes.

Quant à moi, seigneur don Vasquez de la Manche, je vous donne un rendez-vous d'amour à Saragosse.

VASQUEZ.

A Saragosse ! ah ! quel trait de lumière ! — Soit, aimable camériste. J'accepte. Je brûlerais plutôt Saragosse pour être exact au rendez-vous.

LE GREFFIER, revenant seul et tout tremblant.

Allez-y vous-même, ô Monseigneur. Elle ne m'a pas entendu. Elle est à genoux devant le crucifix et prie avec une ardeur qui ne tient plus de ce monde.

FIN DU QUATRIÈME ACTE.

ACTE CINQUIÈME.

(L'ancien palais des rois d'Aragon, à Saragosse.)

SCÈNE PREMIÈRE.

ANTONIO PEREZ, JUANA.

PEREZ.

Et vous me dites que les troupes du roi ont investi la ville.

JUANA.

Oui, Antonio, l'investissement a été prompt et complet ; mais les premières escarmouches ont cessé : on m'apprend que l'assaut a été remis à demain par l'ennemi, soit à cause de la nuit orageuse qui est survenue, soit à cause de la fatigue des troupes.

PEREZ.

Saragosse est perdue. Vasquez n'hésitera pas un moment à la détruire.

JUANA.

Saragosse a juré de périr plutôt que de vous rendre à vos juges.

PEREZ.

Et c'est là, en vérité, ce qui me révolte contre moi. C'est pour moi qu'on lutte, et l'on me retient par force loin des premiers combats qu'on a livrés. L'énergie sombre de votre père m'astreint à ses desseins profonds de justicier. Je ne comprends pas ce qu'il veut faire.

JUANA.

Ne vous inquiétez pas de lui, Antonio. Si mon père vous a retenu ici un moment, c'est qu'il méditait pour vous quelque chose que nous ne comprenons pas. Mon père a puisé dans tout son peuple une énergie que rien au monde ne pourra dompter.

PEREZ.

Hélas! Matheo Vasquez réunit dans ses mains toutes les foudres du mal, et il réussira. Je sens qu'un acharnement aveugle pousse l'Espagne tout entière sur ces provinces pour les dépouiller de leurs Fueros que Ferdinand-le-Catholique n'a pas emportés du pays avec lui, et pour les soumettre, comme elle, au joug autrichien. Et c'est moi, sans prévoyance, qui ai contribué de toutes mes forces à la dénonciation de nos libertés, à l'humiliation de mon pays. C'est ma patrie qui me sauve en ce moment, et c'est contre elle que j'ai travaillé de toute mon habileté, de toute ma perversité. Elle s'immole aujourd'hui pour moi, et c'est moi qui la détruisais jour par jour, et pour quel but, ô Dieu, de toute injustice! Il est vrai que j'étais né bâtard, et c'est toujours un grand malheur pour un homme de n'avoir pas assez connu sa mère. J'ai appesanti sur les deux mondes le sceptre de Philippe II. J'ai mêlé notre génie péninsulaire aux convoitises de la maison d'Autriche. Le Portugal n'existe plus que de nom. Le dernier Abencerrage a péri. Il ne reste plus que les Pyrénées et Saragosse qui gênent Philippe, car il faut qu'il coupe la France en deux pour venir à bout des Pays-Bas, et qu'il la dompte ensuite; c'est là son rêve, pour devenir le maître du monde.....

O insensé que j'étais! j'ai fait un usage fatal de mon pouvoir et de l'amitié du prince. Je n'ai pas modéré en lui cette religion fanatique et sombre qui se révélait trop souvent à mon esprit épouvanté. — Mais Vasquez y abonde, lui. Sa tenacité affreuse le conduira à ses fins. Le voilà en pleine possession de son génie. La puissance toute royale qu'il a dans ses mains et l'or du Nouveau-Monde achèveront d'étouffer l'Europe entière sous cette furie combinée de ruses, d'auto-da-fés et d'armées.

Saragosse est perdue. — Oh ! pourtant je ne suis pas un lâche. Mes concitoyens se battront pour moi, et je sens mon sang prêt à couler au lieu du leur. Je veux....

JUANA, se jetant au-devant de lui.

Restez. Si mon père vous a retenu un moment loin du combat, c'est qu'il méditait quelque chose que nous ne pouvons pas comprendre. Je vous répète, d'ailleurs, que la lutte a cessé jusqu'à demain. Et alors écoutez-moi, Antonio, en attendant le moment terrible, c'est mon cœur qui va vous parler. — Dieu ne nous abandonne jamais, quand nous recourons à lui, Antonio, et que nous nous repentons de nos fautes avec sincérité. Je ne sais pas pourquoi je n'ai jamais désespéré, parce que je suis profondément chrétienne. Au contraire, il me semble qu'une vie nouvelle commence aujourd'hui pour nous. Saragosse va périr peut-être, et ses murs vont crouler sur nous, mais si notre sang coule injustement sur la terre, elle en sera fécondée, et notre patrie ne périra point. Il y a deux mille ans, m'a dit souvent mon père, Sagonte a succombé de même à quelques lieues d'ici, et nous sommes encore debout. On chante encore dans nos montagnes le vieux chant de guerre de nos ancêtres. Nous ne sommes pas encore assez éprouvés sans doute, nous aurons encore beaucoup à souffrir, mais qu'importe ! l'expiation seule purifie. Ma foi n'a jamais été plus vive. J'espère que Dieu nous fera revoir nos enfants avant de mourir, et que nous dormirons tous dans le même tombeau, unis un moment sur la terre pour y faire quelque bien, et réunis pour l'éternité. Tout est changé désormais pour nous. La loi sainte du Christ va nous servir de guide. J'en éprouve un pieux tressaillement. Je me réjouis d'entrer dans cette vie nouvelle avec mon droit d'épouse reconquis et mon bonheur maternel.

PEREZ.

O Juana, je me sens, malgré moi, pénétré de charme et

d'espérance, en vous entendant parler ainsi. J'oublie enfin le mal. Je reconnais le bien, car, jusque-là, j'en avais à peine entrevu l'ombre.

JUANA.

Et alors la femme s'élève à son tour par la grandeur nouvelle de son mari. Elle s'exalte encore plus, elle atteint jusqu'à lui, elle s'élance au-delà, par l'heureux accroissement des sentiments nouveaux qu'elle a conçus : on dirait qu'un souffle de Dieu l'attire et qu'elle va puiser au-dessus de tout une âme supérieure à elle-même. Oh ! maintenant mon rôle d'épouse et de mère est sublime dans mon cœur. Notre union est devenue tout-à-fait chrétienne. C'est une communion parfaite de repentir et d'espérance.

PEREZ.

Oh ! non, ma Juana, vous valez trop pour moi, mais vous m'entraînez avec vous; vous m'apprenez à connaître la joie immense du repentir. Voilà enfin l'avenir qui s'ouvre devant moi.

JUANA.

Oui, l'avenir, Antonio, c'est l'avenir. La joie que vous en avez conçue a passé dans tout mon être. Et maintenant, ô Monseigneur, vous allez reconnaître la bonté de Dieu et réparer le passé par la chaleur de vos actions fraternelles envers votre pays. Aimez vos frères, servez-les, sauvez-les. Je ne sais pas quel sort douloureux et profond nous attend, mais je n'en ai pas peur : une vie trop douce ne nous convient plus. Le repentir ouvre à nos deux âmes les portes de l'infini.

PEREZ.

O bonheur de vous entendre ! Il me semble déjà que ma conscience s'apaise, et qu'une vie nouvelle, expiatoire et véritablement fraternelle, a commencé pour moi. Vous êtes plus qu'une femme, ô Juana, vous marcherez devant moi, en me montrant le chemin que vous n'avez jamais cessé de suivre.

(En ce moment, les portes s'ouvrent, et l'on voit paraître don Sanche Carreguy sous les insignes de grand-justicier d'Aragon, avec quatre assesseurs à ses côtés, et des gardes à sa suite.)

SCÈNE II.

ANTONIO PEREZ, JUANA, DON SANCHE CARREGUY et sa suite.

CARREGUY.

Vous êtes libre, Antonio Perez. — L'accusation exagérée de Vasquez a tourné contre lui, et le peuple d'Aragon a cassé son arrêt : vous êtes absous du crime pour lequel on vous avait condamné à mourir. C'est au moment même où l'Espagne tout entière investit nos murailles pour vous ressaisir, que la justice de votre pays vous rend la liberté.

PEREZ.

Je vous remercie vivement de ce que vous avez fait pour moi, ô mes vrais juges, mais je le regrette pour la ville.

CARREGUY.

Nous n'avons rien fait pour vous, Antonio, rien fait au monde, que par ce sentiment sévère de la justice qui doit régner dans tous nos cœurs. La révision de votre jugement a été faite par nous, sans passion, sans peur, sans partialité. — Seulement, le tribunal a réservé que vous feriez amende honorable du sang d'Escovedo que vous avez versé, en comparaissant devant tout le peuple avec votre femme et vos enfants.

JUANA.

O don Sanche, ô mon père, cœur véritable de justicier ! oh ! pour combien je voudrais avoir aujourd'hui mes enfants avec moi ; j'irais, je me prosternerais à l'instant même au milieu de tout le peuple, et j'offrirais au Dieu vivant l'avenir purifié que vous avez rendu à mon mari, à mes enfants et à moi !

PEREZ.

Recevez, je vous prie, ô mes nouveaux juges, recevez les paroles que vous venez d'entendre avec plus d'indulgence que les miennes. La punition que vous m'imposez est trop douce, et je ne m'absous pas, moi, de mon crime ; mais elle n'en portera pas moins ses fruits. J'imposerai mes mains sur la tête de mes enfants, devant la cathédrale de Saragosse, en présence de tout le peuple, afin qu'ils se souviennent éternellement du sang que j'ai versé. — Je regrette toutefois, oserai-je le dire, l'acte d'énergie que vous venez de faire pour moi.

CARREGUY.

Ce n'est pas nous seuls qui l'avons fait, c'est l'Aragon et ses lois, c'est tout le peuple.

PEREZ.

Ses Fueros vont périr dans cette lutte impie.

CARREGUY.

Nous, peut-être, mais non pas nos Fueros. Voilà deux mille ans et plus que notre terre ensanglantée les nourrit et les défend.

PEREZ.

Matheo Vasquez rit de l'occasion qui lui est donnée d'assouvir ses éternels projets contre vous, et Philippe II profitera des fureurs de Vasquez.

CARREGUY.

Il paraît que votre longue absence du pays vous a rendu plus crédule aux faiblesses de ce monde. Vous savez cependant bien que l'homme ne se révèle tout entier qu'au jour du danger, et qu'il n'est véritablement grand qu'après de longs revers. Nos Fueros useront Philippe II et sa race, et bien d'autres, avant de périr. L'Aragon verra l'Espagne humiliée. L'or du Nouveau-Monde l'a énervée. Son vieux sol est devenu stérile. Et tous les germes vont s'y flétrir. Nos provinces lasseront bientôt Philippe II, par leur pauvreté sévère, laborieuse, incorruptible.

PEREZ.

Hâtez alors l'expiation que vous m'avez promise : je brûle d'immoler mon passé funeste au milieu d'un tel peuple. Vous avez bien fait de m'absoudre, ô mes juges véritables ; vous avez gagné à la patrie, par cet acte humain, un citoyen de plus qui va donner tout son sang à l'ennemi pour racheter la ville.

CARREGUY.

Oui. Et maintenant, gendre, et vous, courons aux murailles, et relevons promptement nos frères qui ont combattu. Suivez-nous, Antonio, vous êtes libre.

(Tout le monde sort. Un officier accourt et retient don Sanche au passage.)

SCÈNE III.

ANTONIO PEREZ, JUANA, CARREGUY, UN OFFICIER.

L'OFFICIER.

J'ai à vous parler, don Sanche. Un parlementaire vient d'entrer dans nos murs.

CARREGUY.

Dans nos murs ! un parlementaire ! courons à lui. Je me défie horriblement de Vasquez.

L'OFFICIER.

Nous ne l'avons introduit qu'à regret. Mais il paraît qu'on accorde au grand-justicier d'Aragon une trêve de quelques heures pour laisser la ville s'apaiser, et la conservation de nos Fueros.

CARREGUY.

Ne nous y fions pas. Philippe II n'est pas un lion, mais Vasquez est un renard.

L'OFFICIER.

Du reste, tout est tranquille. Vos ordres ont été remplis. Nos patrouilles ont franchi les portes, en trois points différents, sans rencontrer l'ennemi qui se repose de ses fatigues.

CARREGUY.

Ne nous y fions pas. Courons au-devant du parlementaire jusque hors des murs, s'il en est encore temps.

L'OFFICIER, se retournant tout surpris.

Le voici.

CARREGUY.

Qui? cette femme?

PEREZ.

Dieu! madame d'Eboli!

JUANA, à part.

Comme elle est pâle et attristée! Comme elle est changée, mon Dieu! Ce n'est plus là cette femme si fière qui voulait sauver don Antonio avec moi. Inesilla soutient ses pas chancelants qu'elle traîne lentement vers nous. Cela me fait peur en songeant qu'elle sort du camp de Vasquez. Je prévois un malheur.

(Aussitôt que madame d'Eboli aperçoit Juana, un éclair de joie brille sur son visage, une émotion surhumaine s'empare d'elle et lui donne une vivacité fébrile et presque convulsive. — L'officier se retire.)

SCÈNE IV.

LES PRÉCÉDENTS, MADAME D'EBOLI, INESILLA.

MADAME D'EBOLI, d'une voix altérée.

O mon Inesilla, ne t'éloigne pas de moi un seul instant, soutiens-moi. — Je suis donc enfin arrivée jusqu'à vous, mes amis. Me voici avec vous. Oh ! vous ne m'estimiez plus, n'est-ce pas ? je me suis séparée de vous malgré mes promesses, j'ai passé brusquement au camp de vos ennemis, j'ai manqué à mes devoirs les plus sacrés.... mais j'ai réussi. Je me retrouve au milieu de vous avec un joie que vous ne pouvez pas comprendre. Vous le verrez bientôt.

INESILLA, à voix basse.

Vous me faites peur en parlant ainsi.

MADAME D'EBOLI.

J'ai trompé encore une fois Vasquez, ô mes amis, malgré ce que vous savez. Il faut, en vérité, que la haine soit bien aveugle, ou que la femme soit bien perfide ; je l'ai pris de nouveau dans mes piéges avec toute sa crédulité. Au reste, je n'ai pas besoin de vous dire combien le génie est crédule, et comme il s'empare avec avidité de tout ce qui le mène à son but : Vasquez m'a livré tous ses secrets aussi noirs que l'enfer; il a eu presque de l'amour pour moi, ô supercherie de la langue d'une femme ! en me voyant si préparée et si ouverte à ses desseins. — Mais, pour m'emparer à ce point de cet homme, de ce fou, je suis forcée de vous avouer qu'il m'a fallu reprendre mon ancien empire sur Philippe II. Vous voyez, mes amis, que je ne vous cache rien.

INESILLA, à voix basse.

O ma maîtresse bien-aimée, je ne sais pas pourquoi ces aveux que vous faites publiquement m'inquiètent.

MADAME D'EBOLI.

Quant au roi, je ne l'accuse pas. Sa passion a été sincère

et véritable. Mon malheur est venu de là en partie, et il restera sur mon nom au-delà même du tombeau ; mais je n'en dis rien. Aussi la vie m'était devenue horrible. Je n'aspirais plus qu'à vous servir encore une fois, si je le pouvais, pour vous faire mon adieu suprême.

Je me suis trompée, en croyant vous sauver : tout est perdu. Et c'est pour mourir au milieu de vous que je suis entrée en parlementaire dans cette ville. — Non, on n'a jamais vu de colère aussi monstrueuse, aussi grotesque, aussi horrible que celle du Vasquez, quand il se vit seul dans la prison en présence de Juana, qui avait, comme vous savez, changé ses vêtements contre ceux de son mari, pour l'aider à fuir. J'ai été réellement inquiète pour Juana. J'ai eu peur pour elle. Il l'aurait livrée au supplice à la place de son mari, si je n'avais recouru au roi pour l'arracher à ce fou. — Oh ! mais alors vous auriez admiré le changement merveilleux et prompt qui s'est fait dans cet homme à l'arrivée du roi. — Ses fureurs se sont retournées contre Carreguy, pour tromper Philippe sur le secret de ses vengeances, en les couvrant d'une autre couleur à ses yeux, et en lui reprochant même, effrontément, d'avoir laissé échapper Carreguy pour avoir la vie d'un Escovedo. A l'entendre, les Pays-Bas révoltés n'étaient plus rien auprès de l'Aragon. Il lui fit voir, dans vos Fueros, une révolution éternelle tout-à-fait voisine de sa couronne, et comme qui dirait intestine. Il n'y a pas de ruses et de haines qu'il n'ait soulevées contre vous en les colorant du nom de nécessité politique. Aussi, voyez comme il a rassemblé promptement tout le royaume pour vous ressaisir. — Et maintenant le roi est au camp. Il n'y a plus d'issue d'aucun côté. L'armée tout entière brûle de monter à l'assaut pour emporter avec elle et déchirer par les chemins les libertés de l'Aragon, dont l'Espagne est jalouse.

Ah ! mon Dieu, j'oubliais de remplir auprès de vous la mission parlementaire qu'on m'avait donnée : voici les conditions d'une trêve, écrites et signées, qu'il faut que je remette à don Sanche Carreguy.

CARREGUY, recevant ce papier et lisant.

« Remettez-nous tous les papiers d'État qu'Antonio Perez

» a soustraits à la visite qu'on a faite chez lui, et nous lui » rendons à ce prix sa liberté et ses biens.

» Signé MATHEO VASQUEZ. »

MADAME D'EBOLI, avec une tristesse profonde.

A présent, me voilà quitte avec eux, ma mission est remplie. — Mais ne vous fiez pas à cette trève, ô mes amis. Je connais mon Vasquez. Je tiens, je sais par cœur cet homme affreux ; je vous apporte avec moi tous ses secrets. Il n'y a pas de joie pareille à celle que j'en ressens. A force d'adorer mon retour vers lui, il m'a semblé même — oh ! que Dieu me pardonne en un tel moment cette folle pensée ! — qu'il était devenu jaloux du roi. Le fou ! le fou ! plus fou mille fois que mon vénérable Martin ! Je meurs contente. J'ai passé au travers de ces noirceurs en y laissant mon nom, mais qu'importe ! et je vous les livre. Cela est peut-être un peu machiavélique, comme on dit par le monde ; mais çà m'est bien égal, n'est-ce pas donc, Inesilla. Cela clôt à merveille ma triste vie. Il paraît que c'était là ma destinée. Et mon sort est rempli.

(Au même instant, un bruit confus, terrible, étrange, éclate en mille cris. Le tumulte se répand sur toute la ville comme un torrent. Don Sanche s'élance à une fenêtre qui ouvre sur la place du Palais, d'où l'on entend les Espagnols crier avec furie : « Ville gagnée ! » Ville gagnée ! »

CARREGUY.

Trahison ! — Ah ! madame d'Eboli, cette trève que vous nous apportiez était une ruse infâme de Vasquez pour mieux nous surprendre, et vous étiez leur complice.

MADAME D'EBOLI, se relevant en sursaut avec une pâleur effrayante, et changeant de visage.

Moi, leur complice !

JUANA, vivement.

O mon père, ne dites pas cela de cette femme. Elle n'est pour rien dans cette surprise.

MADAME D'EBOLI.

Moi, leur complice ! ô désespoir ! ô honte ! ô douleur ! ce dernier coup m'a frappée au cœur. — Tais-toi, Inesilla. Ne dis rien. Ne montre pas de faiblesse indigne de toi ni de moi. Oh ! je me réjouis de mourir pour échapper à tous les mensonges de cette vie odieuse. Il ne me reste plus que toi, Inesilla, qui reconnaisse encore en moi quelque reste de vertu.

JUANA.

Ne dites pas cela, Madame. Je m'associe aussi vivement qu'elle à la douleur qui vous a saisie. Je vous crois, Madame. Je vous plains. Je m'unis à vous de cœur et d'âme.... (Mais Juana s'apercevant tout à coup du changement rapide qu'on voit sur le visage de Madame d'Eboli, s'écrie :) Quelle pâleur subite !... quel changement !... ô mon Dieu, mon Dieu, Inesilla, n'aurions-nous pas un malheur encore plus grand à déplorer?... (Inesilla éclate en sanglots pour toute réponse.) Je vous devine. Mais il y a peut-être un remède au nouveau coup qui nous frappe.

MADAME D'EBOLI.

Il n'y en a plus.

JUANA.

Grand Dieu !

MADAME D'EBOLI.

J'ai voulu mourir au milieu de vous. J'ai pris du poison au moment d'entrer dans cette ville, et vous m'accusez d'être leur complice !

CARREGUY.

Ah ! Madame, pardonnez-moi un odieux soupçon qui m'est échappé.

MADAME D'EBOLI, avec un reste d'énergie fiévreuse.

Voilà pourquoi je suis venue en parlementaire dans cette ville. Mais tout est perdu. Allez, ô mes amis, courez au-devant des sicaires de Vasquez. Précipitez-vous tout armés dans la mêlée. Dieu fera peut-être un miracle pour vous.

PEREZ.

Adieu donc. Vous avez raison, le cri de nos frères nous appelle, et c'est à moi de recevoir la première blessure.

CARREGUY.

Pardonnez-moi encore une fois. Adieu.

SCÈNE V.

MADAME D'EBOLI, s'affaiblissant de plus en plus, **JUANA, INESILLA**, toutes deux penchées sur elle et la soutenant.

MADAME D'EBOLI.

Il y avait longtemps, Juana, que cette malheureuse pensée me poursuivait, et que l'ennui de ce monde avait gagné mon cœur. Je vous estime heureuse entre toutes les femmes, en comparaison de moi. Tous les malheurs ensemble ont été mon partage. Hélas! il n'y a de bonheur ici-bas que dans la paix de la conscience ; et les jouissances de ce monde, les honneurs, les titres, la fortune, ne sont qu'un long et magnifique emprisonnement de notre triste vie. J'en ai trop fait l'expérience fatale. — Oh! que Dieu me pardonne cette mort involontaire! — Je n'ose pas vous dire, ô Juana, que je vous aime, et cependant je voudrais emporter de vous un mot de pardon pour adieu.

JUANA.

Dieu seul a le droit de pardonner, Madame, et non pas nous. Dieu, qui lit dans nos cœurs, n'aime en nous que les pensées de paix, de charité, de mansuétude. Si j'en avais le droit, Madame, et si j'osais vous parler ainsi, je vous dirais que je me sens devenue tout pardon envers vous. Comme Inesilla, je prends vos mains dans les miennes, en fondant en larmes.

MADAME D'EBOLI, mourante.

Souvenez-vous de moi toutes deux. Je sens que le froid du poison coule plus avant dans mes veines et qu'il va gagner mon cœur. O mon Inesilla, aie soin qu'on dépose mon corps dans la terre sacrée; tu es catholique, tu es pieuse, et je t'ai aimée comme une sœur, Inesilla. Oh! pardonne-moi de te quitter ainsi. Et toi, terre hospitalière et libre de l'Aragon, reçois ces dépouilles mortelles sans rougir d'elles; ne les déshonore pas après ma mort, et ne les rejette pas hors de ton sein. Que Dieu te donne en retour la conservation de tes libertés généreuses, si des vœux tels que les miens peuvent encore avoir quelque prix. Adieu, Juana, soyez heureuse. O mon Inesilla, je me recommande à toi, je meurs.

(Elle expire. — Juana reste penchée sur elle avec un profond recueillement religieux; et Inesilla, de l'autre côté de ce corps inanimé qu'elle arrange avec un soin pieux, se traîne, pleure, suffoque, en cachant son visage désespéré dans les plis de la robe de sa maîtresse. — Tout à coup les portes de la salle s'ouvrent avec fracas pour donner passage à Vasquez, suivi d'une troupe furieuse.)

SCÈNE VI.

LES PRÉCÉDENTS, VASQUEZ et sa suite.

VASQUEZ.

Où sont les archives d'Aragon? — Que vois-je? Que faites-vous donc là, Madame, penchée sur ce cadavre? — Et celle-ci, que fait-elle à genoux devant cette morte? — Ah! malédiction sur tout l'univers! je viens de reconnaître Eboli, Eboli qui est morte, Eboli qui s'est tuée sans doute après nous avoir trahis; et je retrouve auprès d'elle la femme de Perez et Inesilla. — (Et se retournant vers sa suite.) — Venez, Messieurs, courons aux archives du royaume, et emportons-les avec nous dans l'Escurial. Ces vieux parchemins vaudront mieux pour nous que les papiers inutiles de Perez. Nous tenons d'ailleurs entre nos mains et Perez, et Carreguy, et Saragosse palpitante. Suivez-moi.

(Après que ce flot s'est écoulé, on aperçoit Philippe II avec l'oncle Martin.)

SCÈNE VII.

JUANA ET INESILLA auprès du corps de madame d'Eboli, LE ROI, L'ONCLE MARTIN.

LE ROI, resté seul.

Jamais je n'ai été si triste. Ma royauté marche de ruine en ruine, et chacune de mes victoires, sourde, obscure, terrible, me frappe au plus profond du cœur. Voilà pourquoi une indicible tristesse me dévore et me ronge. Tout obstacle fléchit devant moi. Je ne trouve plus de point d'appui. Le vide se fait en moi de tous côtés. Il ne me reste plus d'amis.

Veux-tu parier, oncle Martin, ma couronne royale contre ton chapeau de fou, que ce spectacle inattendu qui s'offre là-bas devant mes yeux m'annonce un nouveau malheur? Tiens, je devine ce qui s'est passé. La voilà morte et perdue pour moi. Ce spectacle affreux me donne le frisson.

O douleur! ô sentiment d'une amertume horrible qui me prend au cœur! elle s'est empoisonnée pour me fuir; elle ne m'aimait pas. — Ce n'était donc pas un rêve, cette accusation que Vasquez poursuivait sans cesse auprès de moi, cette jalousie incurable qui me torturait, — et cette chute heureuse de Saragosse, devant l'habileté de Vasquez, qui me venge de tout en un seul jour. Il m'évite ainsi la guerre civile, et je puis dire maintenant que le monde est à moi. — O mon Dieu, que fais donc là cette femme à genoux près de ce cadavre? Elle prie. Elle n'a point de haine comme moi. Elle n'est pas jalouse. Et moi, je suis dévoré intérieurement d'une souffrance éternelle qui me ronge au plus profond de mon être, que je transmettrai à mes descendants, et qui me détruira avant le temps, moi et ma race. Ma couronne de feu brûle mon crâne vieilli. Je ne rencontre rien d'heureux sous mes pas. Où vais-je? Qu'est-ce que me fait en ce moment Saragosse abattue? A quoi me sert mon nom de roi? Je suis véritablement le plus malheureux de tous les hommes. Ma jalousie affreuse survit à la mort même. Que va-t-il donc me rester de fidèle après tant d'amertumes et de souffrances?

L'ONCLE MARTIN.

Moi; sire.

LE ROI.

Toi, mon pauvre fou?... tu as raison, je t'accepte, je t'aime.

(Vasquez revient avec sa suite et rapporte toutes les archives d'Aragon, renfermées dans des coffres.)

SCÈNE VIII.

LES PRÉCÉDENTS, VASQUEZ et sa suite.

VASQUEZ, triomphant.

Et moi, sire, me voici de retour avec tous les Fueros de l'Aragon. Faites-en un feu de joie sur la place de la ville prise, et qu'il n'en soit plus parlé. Le monde est à nous maintenant. Ah! ah! la ruse valait mieux que la force pour dompter une ville comme celle-ci. A présent, vous êtes roi.

LE ROI, avec une ironie triste et singulière.

Comment vais-je donc faire, Monsieur, pour récompenser tant de zèle et de si merveilleuses conquêtes?

VASQUEZ.

Je vais vous le dire. Faites de moi votre premier ministre à la place de Perez.

LE ROI, avec mauvaise humeur.

De vous !

VASQUEZ.

Oui, sire. Je l'ai bien mérité. Je suis à vous jusqu'à la dernière goutte de mon sang.

LE ROI.

Qu'en dis-tu, Martin ?

L'ONCLE MARTIN.

Pourquoi pas, sire ?

LE ROI.

Soit. C'est toi alors qui l'as nommé. A la condition, toutefois, que tu ne me quitteras jamais, oncle Martin.

L'ONCLE MARTIN.

Je ne veux plus vous quitter, sire. Je resterai toujours avec vous pour soulager votre cœur attristé.

VASQUEZ.

Gardes, qu'on amène au roi Antonio Perez.

(Le roi est saisi d'un frisson singulier en revoyant Perez. On devine que sa jalousie n'est pas morte et qu'un long ressentiment couve dans son âme ulcérée, aigrie et malheureuse.)

SCÈNE IX.

LES PRÉCÉDENTS, ANTONIO PEREZ.

LE ROI.

Quant à vous, don Antonio Perez, je vous condamne à l'exil. Allez-vous-en loin de moi, en Béarn, en France, en Angleterre ; sortez de mes royaumes. Et prenez garde que je ne vous rencontre encore bientôt au bout de ma puissance agrandie ; fuyez plus loin alors, toujours plus loin. Je ne saurais supporter dans mes Etats le bonheur qui vous suit partout. Nous ne pouvons plus vivre dans les mêmes lieux, moi le roi, et vous Antonio Perez.

(A ces mots terribles, Juana se lève, s'approche du roi, et lui montre avec compassion le cadavre abandonné de madame d'Eboli.)

(Le roi ajoute.) — Ah ! sans doute, sans doute, Madame, après les funérailles de madame d'Eboli. Oui, Messieurs, je veux qu'on lui fasse de magnifiques funérailles. Je suis chrétien comme vous, Madame, et j'y assisterai. Que Dieu la reçoive dans sa miséricorde éternelle... (à part) et qu'il me pardonne !

(Le roi se détourne pour cacher sa douleur. L'oncle Martin le rassure et le console.)

JUANA.

C'est bien, sire. Une telle parole adoucit bien des peines. Nous avions reçu de vous la liberté, nous recevons l'exil avec une égale résignation. Vous n'entendrez de nous aucun murmure. Notre patrie va nous devenir encore plus sainte et plus sacrée. Nous apprendrons à nos enfants à n'aimer qu'elle. Notre religion va se raffermir. Et si nos prières ont quelque efficacité auprès de Dieu, votre douleur s'apaisera un jour, vous sentirez un soulagement à vos tristesses. Je vous remercie de nous avoir permis, sire, avant de quitter notre patrie, d'accompagner avec vous jusqu'au tombeau les restes mortels de cette femme, que Dieu a pardonnée, et qui appartient aussi à notre religion et à nos prières.

PEREZ, à part.

O joies de l'exil ! ô mes enfants, ô ma femme bien-aimée, j'aime mieux l'exil que la liberté pour expier mes crimes, jusqu'à ce que je sois digne de vous ramener un jour dans notre patrie. Vous n'en serez que plus dignes d'elle.

(Entre don Sanche Carreguy, en costume de montagnard aragonais.)

SCÈNE X.

LES PRÉCÉDENTS, DON SANCHE CARREGUY.

DON SANCHE CARREGUY.

Je viens remettre entre les mains du roi les pouvoirs du dernier des grands-justiciers d'Aragon. J'ai apaisé la ville. Je vous réponds d'elle. Et pas une goutte de sang ne sera versée. — Je pars pour l'exil.

LE ROI.

Don Sanche, je reprends vos pouvoirs de justicier, mais c'est pour me ressouvenir que mon bisaïeul Ferdinand-le-Catholique a été roi d'Aragon avant de régner avec Isabelle sur l'Espagne et les Indes.

DON SANCHE CARREGUY.

Pour ce qui est de vous, ô Vasquez, ne croyez pas que nos Fueros véritables soient renfermés dans les coffres que vous emportez du pays avec vous.

(Vasquez jette autour de lui des regards ahuris et ne comprend pas ce que don Sanche veut dire. — Tout le monde sort à la suite du roi, excepté Juana, Perez, Carreguy et Inesilla, qui court sur les pas de l'oncle Martin. Celui-ci revient de lui-même avant qu'elle ne l'ait atteint.)

INESILLA.

Et vous, mon oncle, vous nous quittez aussi. Est-ce que vous oublieriez de rendre avec nous les devoirs funèbres à madame d'Eboli ?

L'ONCLE MARTIN.

Oh ! non pas. Je revenais vous le dire. Ce n'est qu'après que je rejoindrai le roi.

FIN D'ANTONIO PEREZ.

Sainte-Menehould, typographie Duval-Poignée.

OUVRAGES DU MÊME AUTEUR :

THÉRÉSA DE HOLSTEIN,

EUGÉNIE,

UNE ADOPTION,

DON JUAN CARRÉGUY,

SCHILLER.

Sous presse :

LE MARÉCHAL DE RICHELIEU.

Pour paraître prochainement :

BIOGRAPHIES LORRAINES.

SAINTE-MÉNEHOULD, IMPRIMERIE DE DUVAL-POIGNÉE.

www.ingramcontent.com/pod-product-compliance
Ingram Content Group UK Ltd.
Pitfield, Milton Keynes, MK11 3LW, UK
UKHW020235220726
13923UKWH00002B/661

9 782019 257057